北望园文论丛书·文学专论系列

文学的现代与当下

张丛皞◎著

时代文艺出版社

图书在版编目（CIP）数据

文学的现代与当下/张丛皞著 . —长春：时代文艺出版社，2017.9（2021.5重印）

ISBN 978-7-5387-5429-2

Ⅰ . ①文… Ⅱ . ①张… Ⅲ . ①地方文学－当代文学－文学研究－东北地区

Ⅳ. ①I209.93

中国版本图书馆CIP数据核字（2017）第104060号

出 品 人　陈　琛

责任编辑　余嘉莹

装帧设计　陈　阳

排版制作　毛倩雯

文学的现代与当下

张丛皞 著

出版发行 / 时代文艺出版社

地址 / 长春市福祉大路5788号　龙腾国际大厦A座15层　邮编 / 130118

总编办 / 0431-81629751　发行部 / 0431-81629755

官方微博 / weibo.com / tlapress　天猫旗舰店 / sdwycbsgf.tmall.com

印刷 / 保定市铭泰达印刷有限公司

开本 / 880mm×1230mm　1 / 32　字数 / 120千字　印张 / 6.25

版次 / 2017年9月第1版　印次 / 2021年5月第2次印刷　定价 / 29.80元

图书如有印装错误　请寄回印厂调换

序说"北望园"

张未民

北望园是一座房子，红瓦洋房。

不较真的话，也可以扩大点儿说北望园是一个以红瓦洋房为主体的院落，院落里还包括紧挨着的一处茅草房屋。为什么北望园要包括这处格调不一样的茅草屋？因为在小说家骆宾基的笔下，这座茅草屋和红瓦洋房的居民共同构成了一个生活氛围。这个氛围、这个生活有一个揪心的背景音从茅草屋传出，感染了整个院落，就叫作"北望"。

表面上，茅草屋和红瓦洋房共同的生活格调是庸常的，一地鸡毛，这种"表面"的生活也是小说家主打的生活景象。但是因为租住茅屋的有一位流落此地的北方来的美术教员，是位绘画艺术家，每当闲时或入夜，北方家园的乡愁便随风摇曳潜入院落，似水银泻了一地。因此，实际上倒是茅草屋更体现了红瓦洋房的名称主旨，那似乎潦倒流浪的茅屋生涯僭越了主体红瓦洋房，成为北望园动人而敏感的心悸。

说到这里，应赶紧交代，我们的"北望园"是著名的"东北作家群"成员之一骆宾基先生在其小说名篇《北望园的春天》中设计并建造的。它在大西南"甲天下"的名城桂林，坐落在丽君路上。

如果今天让"北望园"走出虚构，我相信，它是可以作为一个有着20世纪40年代西南风情和作为战时反讽存在的那个时代生活标本意义的旅游景点的。一边是大后方的庸常苦涩的生活，一边是遥远眷恋还乡的北望，东北作家的天才构思再一次显灵，他们总能于日常生计状态中提供悖论，拨动家国的神经，让慵懒的市民及其日子划过一道超越的、自由的、还乡的、情感的渴望之流光。这是一篇提供了生活反讽、进而提供了时代反讽的小说。北望园之名，乃是想象力反讽的标签与象征。想一想吧，居于南而有"北望"，平常心灌注进遥远的想、异常的想，东北作家所创造的空间美学不打动人才怪。于是北望，于是就有了那个时代之痛，那个时代的北方，尤其是东北，不仅有"雪落在北中国的土地上"，还有日本侵略者的铁蹄，一个字：殇。

北望，涉及一种叫作中国视野、中国时空的思维。地分南北，又共组时空。这种中国时空的完整性不可破碎，却总于现实中破碎，这破碎于是衍化为一个绵长的诗学传统"北望"，构成了对破碎的抵抗和诗性正义。"死去元知万事空，但悲不见九州同。王师北定中原日，家祭无忘告乃翁。"这是陆游的北望。在这样的北望中，天边的北方早已"铁马冰河入梦来"了。更知名的北望发生在唐安史之乱时期，杜甫写下了"国破山河在，城春草木深。感时花溅泪，恨别鸟惊心"的诗句。杜甫将其题为"春望"，但实质就是在蜀都草堂向北方关中帝都的北望。杜甫还说："老病南征日，君恩北望心"，"南京久客耕南亩，北望伤神坐北窗"。同是唐代的元稹的"我是北人长北望，每嗟南雁更南飞"，与杜甫诗句展开的思念空间具体内容可能不同，但都是中国时空的情调咏叹。然后，"中秋谁与共孤光，把盏凄然北望"（苏轼）、"北望可堪回白首，南游聊得看丹枫。"（陈与义），这样典型的中国姿态又感染到了宋代人的凄恻情怀，而陆游笔下的"北望"，则是中国文学史上最为突出和成功的，构成了一种抒情形象的"北望"。当然，除了北望，还有西望、东望、南望；如"西北望，射天狼"，东北望，"拔剑击大荒"，等等，不一而足。

中国文化重"望"。来到现代，骆宾基在这篇毫不逊色于现代中国任何优秀小说的作品中说，我怀念北望园的春天。这怀念什么样？怀念是一种望，是一种爱，爱在南方，有南方才有北望，要多惆怅就有多惆怅。

是该纪念纪念北望园了。

近八十年后，我们提议以北望园的名义再建一座大房，或一个院落。在当年被骆宾基北望的故乡，吉林省作家协会要编辑出版一个"吉林文论系列丛书"，蓦地想起，就叫它"北望园文论系列丛书"吧。既为"系列"，一望而三，有三个系列：文学评论家理论家个人文集系列、文学专论系列、文学活动文集系列。合起来，这是个中国地方性的文学社区，是中国文学的北方院落之一，我们就在这里望文学，或让文学望望我们。

望字之奇妙，于此构成了多重关系。首先，我们愿意将文学评论（理论）视为一种"望"，中医方法与技术，说望闻问切，望为中医四诊之首，望既可以当作一种文学评论的诊断方法、途径的指代，也可以当作望闻问切四种诊断方法的代表，一望便知，一望解渴，一望解千愁，真的可以满足借喻、指代文学评论的功能。其次，望总有方向，总有立足方位，望与家园相伴，所谓北望园，三字经，包含瞭望的视觉表述、北的方向方位的表述、立足的家园土地的表述，可谓要素组合齐备。尤其"北望"，与我们这个所谓文学评论社区又在方向方位上切已相关，真是一个好辞。当然，当年骆宾基受条件限制，其北望是由南向北望，而我们这里的文学评论之望，则可以有更多的交互与方位切换，包括由南向北所望，也可以立于我们的中国北方、中国东北而向南望去，向东向西望去，还可以北方文学北方作家之间的欣赏或自望，毕竟，北方、东北何其巨大辽阔，可容纳无尽的多向交叉叠压的北望的目光。北望，就是来自北方的望。再次，就是要借以向中国文学中的北望主题和北望表现传统致敬，向东北作家群的先贤们致敬，为了忘却的纪念（我们是否有过忘却？）和为了不忘却而纪念，庶几可大其心而尽其性。在这种望的判断力价值、方向价值与家园意识之外，望其实还提供给我们一种高尚的望，即仰望。抬头望见北斗星，心中有了想念。文学，哪怕是文学评论，都应是想念着什么的、想念了什么的。

骆宾基是吉林珲春人，除了是著名的作家外，还是一位有着跨界研究成就的金文学家。他和另几位东北作家群代表性作家萧军、端木蕻良、舒群等，1949年后都未能回到东北老家，大都落脚于北京市的作家协会，所以离世前大约一直还保持着漫长的"北望"的姿态吧。那里有他们新的"北望园"否？坐落在北京市前门大街和平门红楼宿舍等处，他们在那里依然在说"我怀念北望园的春天"否？都不可能知道了。都不可能知道了我才敢说，我知道，他们一直在"北望"。

本丛书前年已出版了两种，朋友们建议，让我写几句话权当为序，显得郑重些，于是就写了以上话。

目　录

重建价值坐标：中国现代文学的观念反思

重回个人经验：新世纪东北文学的散点透视

重构精神场域：新近文学动向的焦距辨析

重建价值坐标：
中国现代文学的观念反思

《新青年》"共和"观念变迁与"五四"话语分歧

民国初年，受益于上海的出版风气，《新青年》在袁世凯复辟帝制的共和危机与社会动荡中创刊成立，并很快在反"复古"和张"共和"的社会思潮下聚集了大批知识分子和海归精英，掀起了声势浩大的"新文化运动"。而后，又在陈独秀等人的改组下成为介绍、传播马克思主义及筹建发展中国共产党的思想舆论阵地。《新青年》是民国前期社会文化与知识分子思想意识变迁的历史标本，通过对其"民主共和制"认识变化的考察辨析，可以勾画出民初思想文化发展的一条脉络轨迹，并从中透视"五四"文化话语与政治话语的纠葛流动与辩证消长。

一

"五四"作为中国社会历史发展的重要时间节点，在其后的历史中始终被热情地关注着，产生持久而深刻的影响。

今天，我们常将"五四"作为一个宏观整体的存在来谈及和评介。其实，"五四"是一个动荡分化的时代，它的思想内容与历史遗产复杂斑斓而非整齐划一。张福贵先生曾把"五四"分为"文化的五四"与"政治的五四"，这种区分不仅强调了"五四"是由"新文化运动"与"反帝爱国运动"两种先后有序的事件与思潮构成的，而且突出了"文学史"与"政治史"对"五四"审视的两种论视域与两种尺度。前者注重以"文学革命"为主体的文化运动的历史实践与思想史实绩；后者注重反帝爱国运动与马克思主义传播的历史影响。二者都因具有超越价值与榜样意义而成为被反复引介的思想资源与历史富矿，并在同一性理解和趋同性解释中不断被经典化。而"文化五四"与"政治五四"存在的时差与异质则常被置于思想发展的递进逻辑中加以理解。即"个性意识"转向"阶级意识"，"文学革命"转向"革命文学"，是个体的解放必须以群体的解放为前提和思想革命必然以政治革命为保障的认识论发展的结果，彰显了完整的"人的解放"的价值更生过程，是对中国社会历史现实的认知和判断不断深化和具体化的标志和结果。当然，我们首先要承认这种解释具有相当的概括力与典型性。由"思想革命"走向"政治革命"符合"五四"以来的中国现代历史文化发展的基本序列，它切近历史脉搏，印证历史规律，还可在"五四"一代走来的知识分子思想发展轨迹中找到诸多鲜活例证。但同时也要意识到，即令"历史进化论"与"整体历史观"有效，完全以之为依据对历史做出合乎普遍联系和等级秩序的解释，特别是对历史起点的阐释要兼顾历史走向的必然性与历史终点的合理性时，历史观的"建构"与史实的"过滤"已在所难免。

毫无疑问，"政治五四"的思想酝酿和队伍重组借用了"文化五四"的变革态势和思想资源，没有"文化五四"就没有"政治五四"的历史契机，没有"政治五四"就没有"文化五四"的历史影响，二者确为共生关系。但今天，我们在"文化"与"政治"对"五四"这座历史富矿的切割划分和各采所需中，可以感觉到它们的不同气质和试图压抑并边缘化对方的深层用意。其实，这在《新青年》同仁的解体中已初露端倪。而"五四"退潮后，"文学革命"向"革命文学"转向粗糙面上的观念的尖锐对立与颉颃始终无法在"文化深化论"与"社会发展论"中获得全部满意的合理解释。新时期以来，"文化五四"与"政治五四"的协同性和一体论显得越来越不够纯正，特别是1990年代后，文学史与文学史观都滑向了思想价值与政治价值评价的两极，思想史的合理性与政治史的合理性始终都无法在对方的秩序空间内获得当然的肯定和自觉的认同。曾经为新文化与新政治开疆拓土的思想的力量与政治的力量不再同舟共济，而是矛盾重重，甚至以否定对方为己任。这既是新时期社会思想文化意识走向的折射，也提示了"文化五四"与"政治五四"本身可能就已存在的差异与分歧。

鉴于任何历史起源都包含其本质属性，所以在原初历史语境中还原、追寻、评估"文化五四"与"政治五四"可能比观念层面的单纯辨析更为通透、具体。在"五四"解释学框架中，"文化五四"和"政治五四"一个共同对比参照物就是辛亥革命及其影响与主导下"共和制"政治实践的失败。在思想上，民初封建思想惯性强大且贻害无穷，文化复古主义甚嚣尘上；在政治上，民主共和及其体制成为形同虚设的"招牌"，帝制复辟无疑宣告了资产阶级政治的破产。于是，"五四"的"文化革命"与"政治革命"成为克服、超越、否定"共和"歧途并确定新的历史坐标的必然选择。该认识在与之相关的政党政治获取正统地位后被反复阐释并强化为主流历史观。长期以来，"文化五四"与"政治五四"正是因其具有相对于"消极无效"的"共和"政治实践的"进取精神"和"创造素质"而被视为价值共同体。

《新青年》作为办刊长达十年之久的开一代风气的文化杂志，经历和见证了"五四"酝酿、发展、退潮的整个过程。对《新青年》杂志中的"共和观念"变迁的勘察，可为重返"五四"历史，发掘、重现"文化五四"与"政治五四"的分歧寻到一条简捷便利的通道。

二

甲午中日战争后，共和思想就已在晚清文化界广泛传播。据李泽厚先生考察，1903 年拒俄义勇军运动后，之前较弱的共和"革命"的呼声逐渐压过了变法"改良"的主张。辛亥革命成就了亚洲第一个民主共和国，共和由政治学说与思想价值变成制度现实，并借助社会主体价值观念的营造和宣传，完成了民初知识分子阶层意识的培养与改造。民初知识界对"共和制"与"君主制"道路选择虽存在分歧，但对"共和制"中的民主政治的"优越性"及其之于"君主制"的进步素质与思想优势却有共识，即便是支持袁世凯称帝的"复辟派"在阐述自身的合理性的时候，也要借助"民智不开"暂不宜共和为"君统"张目。

民初的社会虽然获得了制度的解放，但是局面复杂而混乱，正如五四时期的瞿秋白说的那样，这种状况不能说明新道德的局限，而恰是来自旧道德的弱点。民初思想界为了扭转这一状况出现了两种主要的声音，一是主张以传统道德凝聚人心，一是主张推行西方文化价值。而在共和危机的历史氛围中，新派思想很快就把"尊孔读经"与"复辟帝制"画上了等号，正义的天平迅速倒向后者。时至今日，无论是把"新文化运动"视作割裂文化传统的指责者，还是强调要对其有了解之同情的辩护者，均在文化重构层面立论。其实，以改造文化和变革文学为核心的新文化运动是以"共和"的政治危机为主要背景的，其中心内容是民族文化的选择与重构，但根本落脚点却是借助纠正文化与制度的错位来激活制度活力并使之发挥最大功效，以新文化来安邦治国。这在《新青年》前期的基本语汇中甚是明了。

"五四"一代知识分子之所以未在"和而不同"和"兼收并蓄"的谨严逻辑中融构中西文化，与"共和"的"革命"属性直接相关。无论是欧洲早期的古罗马共和国的建立，还是之后的法国大革命，在西方共和发展史上，革命一直被视为推翻专制的唯一手段和共和精神的题中之意。五四新文化先驱也同样认定民主共和与君主专制本质互斥："现在世界上有两条路，一条是向共和的科学的无神的光明道路，一条是向专制的迷信的神权的黑暗道路。"① 既然两条道路彼此不同，与它们匹配搭调的文化就要泾渭分明。"中华民国既然推翻了自五帝到满清四千年的帝制，便该把四千年的'国粹'也同时推翻；因为这都是与帝制有关系的东西。"② "以共和国民自居，以输入西洋文明自励者，亦与共和政体、西洋文明绝对相反之别尊卑、明贵贱之礼教、不欲

---

① 陈独秀：《克林德碑》，《新青年》第5卷第5号，1918年10月15日。
② 钱玄同：《随感录》二八，《新青年》第5卷第3号，1918年9月15日。

吐弃，此愚之所大惑也。"① 中国传统思想文化不再是新政体中的应然之物，而被非现实化为旧体制的遗留物，要整体批判、彻底否定。"如今要巩固共和，非先将国民脑子里所有反对共和的旧思想，一一洗刷干净不可。因为民主共和的国家组织、社会制度、伦理观念，和君主专制的国家组织、社会制度、伦理观念全然相反，一个是重在平等精神，一个是重在尊卑阶级，万万不能调和的。若是一面要行共和政治，一面又要保存君主时代的旧思想，那是万万不成。"②

从上述对"新文化"与"共和制"生死与共关系的认定中不难看出，"文化五四"的思想诉求是以政治价值与政治效应为轴心的，"思想运动"兼具"旧政治"批判与"新政治"启蒙的双重功能。"新文化运动"致力于建立完整系统的、区别于旧体制日常生活的、富于新伦理与新人性内涵的崭新的共和制文化价值体系，并借此推动当时政治体制的功能由虚变实，在社会组织与民族进步上产生切实功能与实际，而不是流于表面形式。显然，"新文化运动"并非"共和革命"失败后的另辟蹊径与改弦易辙，而是共和政治主题的自然延伸。《新青年》一些文章中常流露的"制度无力感"并不等同"制度无用论"，而显然是受"制度决定论"影响

---

① 陈独秀：《宪法与孔教》，《新青年》第2卷第3号，1916年11月1日。
② 陈独秀：《旧思想与国体问题》，《新青年》第3卷第3号，1917年5月1日。

的。全盘西化兼有文化转型的认识论和制度建设的方法论双重内涵，对此，五四时期知识分子早有认识。1923年，梁启超曾言，"革命成功将近十年，所希望的件件都落空，渐渐有点废然思返，觉得社会文化是整套的，要拿旧心理运用新制度，决计不可能，渐渐要求全人格的觉悟。"[①]一年后，林语堂也说："二十年前始承认政体有欧化之必要，十年前始承认文学思想有欧化之必要。"[②]这里，向西方"整套的"拿来和文学思想的"欧化的必要"，全然是为了保证思想文学与新政体的协调一致。而在今天，新文化的激烈反传统的否定解构一面多被强调，共和文化身份自觉的肯定性建构一面却未受到充分重视。

也许在很多人看来，以《新青年》为范本大谈新文化运动的政治诉求有些不合时宜，这不仅在于新文化运动是一场以思想解放为主体的社会运动，而且众所周知《新青年》曾经明确地标榜不谈政治。其实借用当年鲁迅先生的话，想完全避开政治不过是一厢情愿而已。前期的《新青年》很多篇章就直接涉及政治内容，即使是其中较为纯粹的文化话题与学术话题也多与共和政治诉求脉息相通。在我看来，《新青年》同仁屡次不谈政治的表白显然是对自身强烈政治冲动的

---

① 梁启超：《五十年中国进化概论》，载刘东编：《梁启超文存》，南京：江苏人民出版社，2012年，第252页。

② 林语堂：《给玄同的信》，《语丝》第23期，1925年4月20日。

克制，况且更多时候，他们标榜要规避的"政治"多为"为官""从政"之义，是把知识分子与职业政客作以区别，是把民族更新建设的宏大事业与钻营牟利市侩行为相区分，其坚守不涉其中的是世俗层面的"小写"政治，而不是宏观层面的"大写"政治。

三

我们常在"政治范畴"与"文学范畴"的不同层面谈论"辛亥革命"与"文学革命"。二者关注重心与话语体系固然有很大不同，但边界却未必如此清晰。对它们分而述之有时是为了讨论问题的便利，也时常受"五四"历史转折论和起点论以及脱离了政治史逻辑干扰的新时期文学研究将自身话题与政治话题强烈区分的研究意识的影响。

早在晚清，文学就肩负着救国济民和改良群治的政治使命，"诗界革命"与"小说界革命"是该使命感的集中表现和标志性事件。辛亥革命后，文学创作更加追求商业价值与市场影响，鸳蝴派与黑幕小说由此盛行，甚至大行其道。面对每况愈下的社会风气与道德水准，民初的小说家主张用传统道德维系世道人心，劝世题材和话本小说颇为流行。民初的文学，除了通俗题材偶尔会以西方"共和人物"和"共和历史"作为虚构才子佳人与日常生活的想象构件外，大多并不亦步亦趋于当时的主流政治。以历史的趋同性来看，这与20 世纪"九十年"之于"八十年代"深刻变化的历史逻辑十分相似，文学卸去了社会启蒙与政治宣传的沉甸甸的重担后步入了自在和符合自身规律特质的发展期。现在看来，民初文学对传统道德资源和艺术成规的调用是文化惯性使然而非有意为之的结果，后来被五四新文化斥为复古腐朽和消遣游戏未免有些冤枉，它们"思想性"与"非思想性"分歧的背后，其实是"政治趣味"与"非政治趣味"的不同偏好。

当思想机制与政治体制的协调统一被视作共和危机的解决之道时，思想学术的共和属性自然就要被高度强调——"共和政治，不是推翻皇帝，便算了事。国体改革，一切学术思想亦必同时改革；单换一块共和国招牌，而店中所卖的还是那些皇帝'御用'的旧货，绝不得谓为革命成功。"在这种认识影响下，民初已获解放的文学再次被捆在政治的战车上。五四文学的政治意识并不停留在清末民初文学的那种以创作直接演绎论证政治观念的浅层次上，而是致力于政治制度与共和精神深层植入与其意识形态相应的文化伦理与艺术规范，以文学思想与审美意识融构共和的历史合理性。《新青年》同仁认为，"文学只有新的旧的两派，无所谓折中派，新文学有新文学的思想系统，旧文学有旧文学的思想系统，断断调和不来。""旧文学中专制的思想""新文学中共和的思想"。① "分明挂了共和招牌，而学士文人对于颂扬功德、铺张宫殿田猎的汉赋，和那思君明道的韩文、杜诗，还是照旧推崇。"② "中国今日革君主而定共和，则昔日文学中与君主政体有关系之点，若颂扬铺陈之类，理宜废除。"③ 陈独秀与傅斯年明确地将古代文学史中习见的"铺张宫殿田猎"和"颂扬铺陈"的创作倾向视为君主政体的派生物，这与《文学革命论》中"三大主义"倡言推翻的"雕琢的阿谀的贵族文学"和"陈腐的铺张的古典文学"完全相同。"贵族文学"与"古典文学"是区别于新文学的旧文学的文化特质，不但与共和制度文化理想相悖，而且不利于共和国民人格之形成。"此种文学，盖与吾阿谀夸张虚伪迂阔之国民性，互为因果。今欲革新政治，势不得不革新盘踞于运用此政治者精神界之文学。"④

"在陈独秀的文学—思想—政治依次革命的逻辑下面，胡适规划了文学革命的顺序：语言—体裁—思想。"⑤ 五四时期自觉地与政治保持距离的胡适的"白话文学观"中同样有

---

① 朱希祖：《非"折中派的文学"》，《新青年》第6卷第4号，1919年4月15日。

② 陈独秀：《旧思想与国体问题》，《新青年》第3卷第3号，1917年5月1日。

③ 傅斯年：《文学革新申义》，《新青年》第4卷第1号，1918年1月15日。

④ 陈独秀：《文学革命论》，《新青年》第2卷第6号，1917年2月1日。

⑤ 刘纳：《嬗变：辛亥革命时期至五四时期的中国文学》，北京：中国社会科学出版社，1998年，239页。

无法抹去的共和意识形态讯息。因为大规模的文化革命都要借助通俗语言来传播其思想以期产生广泛社会影响，所以在西方文化史上，思想启蒙与政治改革常伴随着白话文学运动。12世纪，欧洲文艺复兴期间的俗语文学运动就是在宗教改革的历史背景下兴起的，并撼动了拉丁语在文学创作中的统治地位，世俗语言登堂入室打破主流官方语汇一统江湖的局面，正是广义民主精神的集中体现，而共和精神也在同样历史进程中随着古典人文主义的再生获得了重生和再造。应该说，文学语言、文化规范、政治意识在文艺复兴运动中是具有同构性与同步性的。五四时期，白话文不仅因其能够传达文言无法传递的现代人的思想与经验而被肯定为"活的语言"，而且在消解和抵制"重雅轻俗"的传统社会语言等级秩序层面被认定是具有革命性的。胡适在《白话文学史》中指出，文言是贵族语言，属于少数人和精英阶层；白话是大众语言，属于多数人和平民阶层。在他看来，白话不仅是传达信息的工具，同时作为社会底层与大众掌握的普通化语言，其在语言权利结构中地位的提升本身就是文化民主的体现和底层文化权利的诉求实现的标志，因而白话文成为文学作品主要语言承载、彰显着民主意识形态的内容与见解。这与文艺复兴时期俗语文学运动兴起的历史逻辑一致，亦与共和的巩固要以大众政治觉悟的普遍觉醒的政治认识论相连，因为，"盖多数人之觉悟，少数人可为先导，而不可为代庖。

共和立宪之大业，少数人可主张，而未可实现"①。

周作人"人的文学"观受日本"白桦派"文学思想影响很大，这从《人的文学》中的"个人主义的人间本位主义"和"个人""群体"的辩证分歧中易于识别，而其思想来源中的西方资源同样显著。周作人强调的"人"的本位观的核心是传统道德秩序与权力等级中弱势的儿童与妇女的价值，其直接来源是英国儿童教育家福禄·培尔的《人的教育》和法国女权主义先行者玛丽·沃斯通克拉夫特的《女权辩》。二者均与法国大革命的历史思想背景有关，特别是作为法国大革命高潮产物的《女权辩》是玛丽·沃斯通克拉夫特围绕政治家查尔斯·英·塔列朗为制宪会议起草的国民教育报告，来阐述共和国家"国民教育"中的妇女权利的。而在《平民的文学》中，周作人将平民定义为现代公民的大多数，认为，"平民文学"只有采用"普通的文体"与"真挚的文体"方能体现"立国精神"中的"一律平等的人的道德"，这里的平民并非属于单纯的人道主义范畴，而且还有明确的政治色彩。

虽然"文学革命"调动的西方思想资源是多元的，来源复杂，而且个别认识与原典语义也不完全一致，有不同程度的曲解，但诸多话语都直接或间接地致力于符合共和制度规

---

① 陈独秀：《吾人最后之觉悟》，《青年杂志》第1卷第6号，1916年2月15日。

范和意识形态的文学象征体系与艺术表达方式的建构，渗透着拓展、推进共和文化的精神素质与无意识使命。

四

1920 年末，在陈独秀的主导下，《新青年》被改组，并重回上海，很快转向了对马克思主义的全面译介，胡适批评《新青年》蜕变为美国《苏俄》杂志的中国翻译版，《新青年》被视作"内部解体"。当马克思主义理论的唯物史观与阶级意识覆盖了普遍的社会现象且在异域政治实践中被证明是正确的，并被勾画出前景无限的壮丽曲线时，历史判断的心理预期和历史规划的野心抱负油然而生。

陈独秀在《谈政治》中宣称的，"我们不是忽略了政治问题，是因为 18 世纪以来的政治已经破产，我们正要站在社会的基础上造成新的政治"①，常被视为是陈独秀和《新青年》由"不谈政治"的"思想本位"向"谈政治"的"政治本位"转向的标志。其实，该文更多的是对《新青年》全面直接涉及政治话题的辩解和对胡适"不要谈政治"劝告的回应，其重点是对之前的政治和当时的政治的优劣判断与价值评估，是历史进化论逻辑下新的政治宣言。在随后的《国庆纪念底价值》中，陈独秀明确地将"共和制度"视为人类历

---

① 陈独秀：《谈政治》，《新青年》第8卷第1号，1920年9月1日。

史发展蓝图的一个中间物，认定无论是世界的共和，还是中国的共和，其价值都是历史性、相对性、有限性的，即相对于帝制的进步和相对于社会主义制度的落后。故此，"固然不像反革命的帝制派及无政府党人把共和看得一文不值，也不像一班空想的政论家迷信共和真能够造成多数幸福。""社会主义要起来代替共和政治，也和当年共和政治起来代替封建制度一样，按诸新陈代谢底公例，都是不可逃的运命。""由封建而共和，由共和而社会主义，这是社会进化一定的轨道。"① 如果说，前期《新青年》的文化努力更多是致力于名不副实的共和制不健全的后天功能的修复的话，后期《新青年》则将共和制度视为先天不全的必然被替代的历史淘汰物。

当共和政治作为过气的历史遗物被整体否定后，与之相匹配呼应和同构一体的文化运动必然面临相同的处境与命运。曾为新文化运动风云人物的胡适在"五四"退潮后很快遭到《新青年》后起之秀蒋光赤毫不含糊的嘲讽挖苦："难道这就是六七年前活泼泼的维新人物……好一副聪明的面孔！好一个不愚拙的头脑。""是思想的落后呢，还是他已跳出新的范围。""资产阶级所要求的是美国式的民治，这种民治是胡适之博士始终所主张的。""当胡适之博士提倡新文化

---

① 陈独秀：《国庆纪念底价值》，《新青年》第8卷第3号，1920年10月10日。

运动的时候，那时因为中国社会还未表现出阶级的分化，所以那时的知识阶级的要求和口号，几乎都是一致的。"[①] 在这里，蒋光赤对胡适的批评中自然有那种精神分析学说理论中的试图获得自己主体性的晚生一代的影响、焦虑以及后来"革命文学"大旗下青年知识分子对"五四"一代作家批判潮流的裹挟在其中，但此中的批评显然不是随意性和情绪化的，它明显遵循着明确的知识背景与强大的理论方法。蒋光赤对胡适的批评，一定程度上是新文化在新政治思潮中历史命运的一个注脚和侧影。

早在1921年，陈独秀就在《文化运动与社会运动》中婉转地批评了新文化运动，认为"拿文化运动当作改良政治及社会的直接工具"[②] 是夸大了文化的伟力，这常被认为是对五四文化激进主义的反思，或是对文化决定论思维的一个反省。从字面上做此理解固然不错，但这里对文化革命的较低评价背后有一个明确的较高评价的尺度。该尺度在郭沫若的"新文化运动"评价中更为明了："中国在形式上算是成了新式的共和国，然而产业仍然不能够振兴，国家仍然不能够富强，而且愈趋愈下。于是大家的解释又趋向到唯心主义方面，便是说中国民族堕落了，自私自利的心太重，法制观

---

① 蒋光赤：《并非闲话（二）》，《新青年》第11卷第4号，1926年5月25日。

② 陈独秀：《文化运动与社会运动》，《新青年》第9卷第1号，1921年5月1日。

念、国家观念太薄弱。因而拯救的法门也就趋重在这一方面。"新文化运动"被郭沫若定性为"唯心主义"的，那么"唯物主义"的改良利器是什么呢，显然不难推测，与文化对应的体制和制度就是社会主义制度革命，陈独秀的文化革命有限论也是以其为参照的。可见，五四运动后，"新文化运动"的否定动力不是激进主义的反思，而是新政治革命的需要，是用一个更高的价值否定"文化五四"的价值理想，此中蕴含着价值递进和虚无主义的历史逻辑，二者孰激进，孰保守，其实相当吊诡和辩证。今天，我们将"文学革命"与"革命文学"两种呼声的对立斥为思想冲突以及宗派情绪虽无不可，但并不通透，服膺于不同政治意识形态的相异的文化情趣才是他们对立的重要原因。

结　语

借助于对《新青年》中共和观念意识流变的语义学和溯源式考察，可以看清五四时期中国知识分子政治认同逻辑的变化以及不同社会制度观念的搏击消长过程。"文化五四"致力于与"政治五四"大异其趣的共和民主国家的构想及人文素质的培养。"文化差异性"是二者分歧的表征，"制度竞争性"才是分歧的根本。"政治五四"常把"新文化运动"对"封建文化腐朽"的体认与批判视为"资产阶级革命"无效的旁证，进而将"新文化运动"与"共和制"之关系解释为批判的距离与否定关系，并以此来压抑"共和制"的有效文化诉求，形成了自身对"共和制"的巨大政治文化优势。而"政治五四"对"文化五四"历史价值的整合征用也说明了，其对"文化五四"无法等闲视之，为营构自身的历史制高点地位和时空号召力，必须于其中萃取合法性资源。

这看似不难勘破的意识遮蔽长久以来之所以未受到充分正视和全部承认，一方面囿于旧的"五四"历史观的影响，同时也与文学研究常严守文化与政治的边界不无关系。当研究将"新文化运动"严格限制在"文化五四"的话题范围中时，将思想问题政治化和政治问题思想化的五四自然难以露出全部真容。笔者认为，更多时候或许是出于某些禁忌与顾虑的有意的回避与混淆，毕竟在"文化的五四"中，我们可以神清气爽地畅所欲言，而无须面对"文化的五四"被还原为"政治的五四"后的诸多关注与挑战。

近年来，"民国文学史"已成为中国现代文学研究的重要动向。"民国文学"不仅是文学史命名的变更和研究对象的拓展，更是在民国政治、经济、文化的生产机制与意义建构下，以"历史化"和"知识考古"为途径重构中国现代文学研究的学术视野与知识维度。共和在五四阐释学中常被归为短暂而脆弱的，但我们从《新青年》的"共和诉求"流脉中可见，共和精神或可称之为共和属性的东西在"五四"精神图谱中占有相当比重，作为历史精神遗产，直到今天仍被人们以各种形式关注和讨论着。这未尝不是今天我们研究"民国文学史"的一个角度。

"大团圆"与中国现代小说创作的主体意识变迁

中国现代悲剧观念发生、发展的题中应有之义，即对传统文学创作中喜剧观念的反省与批判。"大团圆"结构是传统悲剧性文学喜剧化倾向在文本形式与结构上的重要表现。中国现代作家对文学中"团圆"问题认识的变化，凸显了中国现代小说创作主体意识的变迁。

"大团圆"是中国古典叙事文学中普遍的一种结构模式，其突出的特点是在悲剧文学中，激烈的矛盾冲突最终都能得到缓解和圆满的解决，整个叙事由悲剧冲突转为喜剧结局。中国古典悲剧具有"冲突"与"弥合"的双重结构，在"冲突"结构中，伦理力量双方激烈对峙，以互相消灭对方为己任，但二元对峙的紧张和难以完满的处境最终会被"弥合"结构解决、化解。陈陈相因、僵化的团圆模式作为承载封建文化与封建专制因子的消极文学形式，被提倡自由民主、抗争奋进的中国现代主流作家所否定和批判具有历史的必然性与逻辑的必然性。对团圆结局的批判是中国现代作家反思传统文学、批判传统文化的一个重要内容。

首先，绝大多数中国现代作家认识到，大团圆结局是一种艺术审美的欠缺。所有艺术作品中的情节从生成、发展到结局，必须符合叙事发展的合理性与因果联系的有机逻辑，无论是悲剧性还是喜剧性结局，都必须立足于艺术的真实与完整的基础上。而传统的大团圆结局往往与悲剧的主体叙事缺乏联系，它既没有普遍性的现实依据，又不符合悲剧人物性格与故事情节发展的客观规律，具有很明显的人为附加痕迹。这种千篇一律的"画蛇添足"式的结局设置，既造成了悲剧文学在情节上的雷同、因袭和文本创作的模式化、程序化，也导致了文本本身的欠缺与分裂，严重地损伤了作品的艺术性与有机性。郑振铎就指出："我们的文学，久困于'团圆主义'支配之下。差不多一切的小说诗歌，都是千篇一律，奉为典范，而悲剧的文学，因而绝少发现，文学的真价，也永远的不能披露了！"[①]

其次，他们还认识到喜好团圆是一种文化人格的欠缺。一般而言，人的自我价值的实现方式主要有两种。其一是通过自己的进取与努力获得实现，其二就是依靠、依赖于外在于自我的他者的力量实现。在传统文学大团圆的艺术世界中，人的自我价值实现与正义的伸张很明显依靠的是第二种

---

① 郑振铎：《〈俄罗斯名家短篇小说集〉序》，严家炎编，《二十世纪中国小说理论资料（第2卷）》，北京：北京大学出版社，1997年，94页。

024 | 北望园文论丛书 · 文学专论系列

方式。这种依赖于他人或命运的价值实现方式，本身就使人放弃了自我实现的主体性与主动性。在悲剧文学中，悲剧主人公的失败、毁灭呈现出的是价值无法完成的缺失状态，这种价值结构的缺失状态大多都是对生存困境与现实缺陷的真实揭露与客观呈现。而对这种价值缺失状态的克服与取消的愿望本身就是人自我完善、自我发展，以及历史进步的助推力。大团圆结局这种化悲剧为喜剧的手法长存于文学创作之中，必然会通过艺术符号化为国人普遍的思维定式，使人放弃改变现状、谋求更大自由空间的愿望与努力。长期寄希望于善报，势必会养成懒惰、不思进取的依附性人格，使人对生存困境与现实缺陷熟视无睹，习以为常。鲁迅对这种团圆主义所产生的"僵尸的乐观"甚为反感，他说："凡是历史上不团圆的，在小说里往往给他团圆；没有报应的，给他报应，互相骗骗——这实在是关于国民性底问题。"[①]鲁迅这里的"国民性"指的是传统国人的文化心理特征，这种文化心理特征的产生与"哀而不伤"、"悲伤有度"的不走极端的中庸心理直接相关。恰如茅盾所言："中国文学都表示中国人的性情：不喜现实，谈玄，凡事折中。中国的小说无论好的坏的，末后有一个大团圆：这是不走极端的证据。"[②]

---

① 鲁迅：《中国小说的历史的变迁》，《鲁迅全集（第9卷）》，北京：人民文学出版社，1981，316页。

② 茅盾：《文学与人生》《茅盾全集（第18卷）》，北京：人民文学出版社，1983，272页。

最后，他们也认识到团圆结局迎合了统治阶级意识形态的需要。中国古典悲剧的冲突模式并非黑格尔所谓的分裂的正义力量的抗衡与对峙，而是正义与邪恶的对抗。这种对抗虽然体现在具体的人与人的冲突上，但本质上，它是具有普遍意义的社会正义的伦理力量与非正义伦理力量正邪冲突的化身与缩影。在古典悲剧中，悲剧主人公最终被救赎的结局无疑昭示了善的胜利与恶的灭亡。这种结局也提供给人以社会中正义永远胜利、邪恶永远失败的印象，同时，团圆的实现往往还源于统治阶级的适时介入。这样大团圆结局不但是不真实的，而且也为历史社会中存在的公平欠缺与价值残缺提供了一种补偿，它本身就有教诲与宣传的功能与作用。传统文学中的团圆叙事不仅是一种文学修辞符号，同时也传达出统治者所认可和欣赏的抽象的道德信息。巴金的《沙丁》中，一直对自己所处黑暗社会没有清醒认识的苦力升义意识到自己前途渺茫、生死未卜时，"他又想起他所读过的旧小说和唱本里面的爱情故事，一男一女怎样相爱，怎样落难，怎样被人分开，而终于团圆……这种大团圆的结局现在又来打动他的心。他渐渐地又被那苦尽甘来的信仰抓住了"。升义恰恰是被传统文学中虚假性、欺骗性的"团圆"迷惑、毒化，最终身陷绝境。大团圆结局遮蔽现实、掩盖困境，在客观上起到了粉饰专制统治、迎合统治阶级意识形态的功能，成为一种寓教于乐的文化载体和传播官方政治意识的帮忙文艺。

中国现代作家对传统文学大团圆结局的批判，纠正了古典悲剧创作中的美学偏颇与艺术不足，深化了文学的表现力。与此同时，避免、扬弃虚假性的团圆作为一种美学标准与文学评价尺度，逐渐内化为很多现代作家评判作品高低对错和指导创作的依据。瞿秋白在《普洛大众文艺的现实问题》一文中，就认定普罗文艺中某些不正视现实的残酷与斗争的曲折，而在假而空的解决方案中寻找避难所的创作与传统的团圆主义是如出一辙。他说："才子中状元，佳人嫁大良，好人得好报，恶人得恶报……固然是团圆主义。可是，一切一厢情愿的关于群众斗争的描写，也是一种团圆主义。没有失败，只有胜利；没有错误，只有正确。这种写法，这种做法，也是一种团圆主义。"① 张天翼也在《创作谈》中对当时某些革命小说中概念化、模式化、简单化的写作进行了反思——"现在有一篇小说。大意是这样：话说一个痛苦的主人公有一天忽然跑去革命。原来革命是轻易得像在柏油路上散步似的。革命者又都是些全智全能的上帝。不是血肉做成的凡人。于是革命马到成功，恶人完全被消灭。常言道得好：恶有恶报，善有善报。于是一时人心大快。""这是一种团圆主义的手法。事实上是不是这么轻松容易呢？那可管不

---

① 瞿秋白：《普洛大众文艺的现实问题》，《瞿秋白文集（第1卷）》，北京：人民文学出版社，1985，478页。

着。这种团圆主义的手法，古今中外都有的，从前中国的传奇，现在花旗国的'写情巨片'，多半是这么一套。"①

从现代艺术观来看传统的团圆结局，毫无疑问它是不符合艺术的真实性原则的，是艺术创作的败笔。但应该指出的是，化悲剧为喜剧的创作心理与欣赏习惯，并非东方民族所固有。大团圆结局讲究矛盾冲突的缓和性与和解性，这种审美喜好很大程度上也源于创作者与欣赏者自我心理防御机能的作用。从心理学角度讲，当人遇到外界强有力的障碍使主体难以实现自我价值目标时，主体一般会采用两种应对方式，一是以肯定、正视的态度解决现实难题，二是通过否认、歪曲现实的态度获得心安。这样看来，"大团圆"是人类追求快乐、避免痛苦的潜意识支配下的普遍审美期待。正如有人指出的那样，"有许多作者，可称为'团圆派'。他们的小说总是以'皆大欢喜'结局。这是他们把读者的心理观察了"②。张爱玲也发现，"《红楼梦》大家也还恨不得把结局给修改一下，方才心满意足"。③ 朱光潜在对西方悲剧文学的创作与欣赏效果研究之后指出："绝大多数观众绝不欣赏悲剧结尾本身。相反，他们往往真诚地希望悲剧主角有更好的

---

① 张天翼：《创作谈》，《张天翼文集（第9卷）》，上海：上海文艺出版社，1991，20页。

② 严家炎编：《二十世纪中国小说理论资料（第2卷）》，北京：北京大学出版社，1997，156页。

③ 张爱玲：《我看苏青》，《张爱玲集·流言》，北京：北京十月文艺出版社，2006，245页。

命运","人们好像普遍期望幸福的结局"[1]。他认识到,不但中国人喜欢团圆,其实"人心中都有一种变悲剧为喜剧的自然欲望"[2]。他认为,"悲剧不仅给人快乐,也唤起惋惜和怜悯的情感。这种惋惜和怜悯心情常常会非常强烈,以致威胁到悲剧存在本身"[3]。可见,"补其团圆"是创作主体发现悲剧结局与自我期望差距甚大,无法满足自己的阅读期待和审美想象之后对文本进行再创作的普遍现象。在中国悲剧文学发展史中一直存在着的"乱改"状况其实也有普遍人类心理机制的作用。

相对于"五四"时期对"团圆"结局的普遍否定与批判,进入现代小说创作成熟期的现代作家与研究者对大团圆结局的认识更为客观、全面。

大团圆结局既是文本的内容,又是文本的形式,在内容上,它有着社会意识的投影,体现着某种意识形态的感知方式与实现方式,但在形式上,它仍是一种非伦理化的审美结构。"五四"时期对大团圆结局的批判并没有将之在内容与形式上相区分,而是一种彻底的整体性否定。很快,研究者就发现"团圆"作为叙事文学的喜剧结局,有着塑造文学

---

① 朱光潜:《悲剧心理学》,上海:生活·读书·新知三联出版社,1996,69页。

② 朱光潜:《悲剧心理学》,上海:生活·读书·新知三联出版社,1996,69页。

③ 朱光潜:《悲剧心理学》,上海:生活·读书·新知三联出版社,1996,69页。

作品完整性的作用，因为"团圆"本身就是情节发展、演进后二元结局的一种。余楠秋在《短篇小说的构造法》中就认为："有时最高点就是结局，有时最高点之后，尚有一个团圆以终其局。这种团圆的目的，是要去掉读者心中的疑点，所以实际上是带着解释的意思。团圆的根基，常时造在全篇的锁键句语之内；这样的写法，是有戏剧的寓意。作者应当能够瞻前顾后，然后才能得到好结果"①。余楠秋看到的正是"团圆"作为叙事性文学结局的一种在增强情节间的因果联系和整体布局有机性中的功能与作用。不许"悲剧"而一味地"团圆"不是科学的艺术辩证法，那么反过来说，一味地"悲剧"而不许"团圆"同样也不是科学的艺术辩证法。现代作家在创作的过程中，充分认识到"团圆"本身并不是一种谬误，而是要看这种"团圆"是否属于艺术的有机组成，是否符合现实真实性。张恨水在《长篇与短篇》中就为"团圆"结局正名。他说："长篇小说之团圆结局，此为中国人通病。《红楼梦》一出打破此例，弥觉隽永，于是近来作长篇者，又多趋于不团圆主义。其实团圆如不落窠臼，又耐人寻味，则团圆固亦无碍也。"② 现代作家对团圆结局的重新认识客观上导致了文学创作中团圆倾向的回归，但现代作家强

---

① 吴福辉编：《二十世纪中国小说理论资料（第3卷）》，北京：北京大学出版社，1997，144页。

② 吴福辉编：《二十世纪中国小说理论资料（第3卷）》，北京：北京大学出版社，1997，49页。

烈的反悲观主义的价值取向却是促使现代小说中"团圆"回归的一个至关重要的原因。可以说真正的悲剧绝不是以渲染崩溃、死亡、绝望为指归的，具有悲剧精神的文学在展现痛苦磨难、毁灭死亡时必然蕴含着人类追逐崇高和幸福的伟大决心和不屈意志，故此悲剧文学并不等同于悲观主义文学，但是悲剧文学中却存在着悲观主义的因素。因为任何一种合理性价值的毁灭付诸人的心理反应，不仅有激愤与不平，同时也不可避免地有怜悯与同情，持续长久而不消退的怜悯会把人引向凄苦与悲哀的心境之中，所以悲剧所展示的人类苦难和不幸在一定程度上可能转换为人的悲观的世界观。以抗争为指归的中国现代作家在悲剧文学创作一开始就反对悲观主义。庐隐就认为："当人们苦痛到极点的时候，悲剧描写的同情固可以慰藉他，但作品之中不可过趋向绝望的一途，因为青年人往往感'生的苦闷'，极易受示唆，若描写过于使人丧胆短气，必弄成唆使人们自杀的结果，所以必于悲苦之中寓生路。"[1]20世纪30年代，马克思主义在中国得到了广泛传播，它迅速地深入到很多作家信仰的内部，成为积极融入社会实践的中国现代作家认识世界与改造世界的思想工具。"哲学精神可以使人从悲剧中解脱"[2]，更何况马克思主

---

[1] 严家炎编：《二十世纪中国小说理论资料（第2卷）》，北京：北京大学出版社，1997，189页。

[2] 卡尔·雅斯贝尔斯：《悲剧的超越》，亦春译，北京：工人出版社，1988，85页。

义哲学将人类历史与社会发展、演变纳入到一个统一的意义解释框架之中,它不但赋予已经发生的历史以固定规律与模式,同时还勾画出一个终极美好的社会图景。作为一种历史乐观主义的信仰,信仰者认同线性文明发展观,认定时间对历史具有终极的拯救意义,反对对社会人生做绝对的悲观主义描写与判断。

周扬就曾断言:"要把悲观主义的销霉从文学中彻底扫清""健全的文学将用乐观的、科学的观点去解决世界文学中一切悲剧的问题。"①黄仲苏也同样认为:"作者无论叙述何种故事皆应保持其高兴的面目与热烈的态度,即在描写悲剧之时,亦不应使读者感觉烦恼,愁苦不堪。"②在具体的文本操作中,作家不但以悲剧的形式解释现存社会结构的主导性缺陷,同时还要针对这些缺陷提供乐观的解决方案,像巴金的"激流三部曲"和大多数左翼文学都不是一元化的悲剧,而是悲喜二重天,人物的悲剧结局的意义与目的在于警诫他人端正态度,明确方向,不要重蹈悲剧人物的覆辙。在这些作品中,悲剧中的喜剧性倾向在一定层次上将消极因素完全置换为积极因素,这种化消极为积极的结局客观上促进了中国现代小说团圆性结局的生成。之所以称之为"团圆性"而

---

① 周扬:《周扬文集(第1卷)》,北京:人民文学出版社,1984,122页。

② 严家炎编:《二十世纪中国小说理论资料(第2卷)》,北京:北京大学出版社,1997,508页。

不称为"团圆",是因为它并不是纯粹的喜剧结局,而是一种开放式结构,暗示了某种喜剧的可能,这种可能性变成现实则要通过主体树立正确的世界观和努力实践来完成。

20世纪40年代,中国现代文化转型度过了激烈的更生期,文化冲突与价值冲突不再像"五四"时那样激烈和不可调和,文化价值冲突的弱化与减少也客观上限制了悲剧文学创作的质量与数量。与此同时,中国共产党领导的新民主主义革命运动取得了历史性的胜利,曾经困扰着国人生存的种种问题在某些区域得到了较为圆满的解决。

此时,"大团圆"不再是被否定与批判的对象,而成为某些现代作家表现现实、肯定现实所倡导的艺术手法。周扬谈及《冯光琪防奸》时就说,"五四时代反对过旧小说戏剧中的团圆主义,那是正确的,因为旧小说戏剧中的团圆不过是解脱不合理的、建立在封建制度和秩序之上的社会的一个幻想的出路,它是粉饰现实的。在新的社会制度下,团圆就是实际和可能的事情了,它是生活中的矛盾的合理圆满的解决。"[①]他还对《冯光琪防奸》的"非团圆"处理表现出惋惜:"保安处秧歌队演出《冯光琪防奸》的最后给锄奸英雄送匾一场,配以喇叭的吹奏,是很有艺术的效果的,据说老百姓都很欢迎,但也许是为要避免团圆主义吧,在机关演出时却

---

① 周扬:《周扬文集(第1卷)》,北京:人民文学出版社,1984,451-452页。

给删掉了，我以为很可惜。"①1940 年代"团圆"结局的局部回归，并不能看作民族传统文化中的中庸美学与伪饰主义的复归。对大团圆结局积极与消极的判定是要看它是否扎根于生活真实性的土壤之中，是否符合人物性格与故事情节发展的客观逻辑。在古典悲剧中，悲剧主人公完全依赖外力与偶然因素获得悲喜逆转，这种逆转本质上是理想性、幻想性的虚假认识，它不是一种真实的获得，而是一种精神的胜利。而 20 世纪 40 年代小说中的团圆则是主人公通过自我积极实践获得悲喜逆转，符合现实逻辑与历史真实性，作家文本中的大团圆设置得益于现实的启发，而不是一种先验的想象。

简言之，中国现代作家们经历了对"团圆"结局的激烈否定到部分肯定，再到提倡的历史过程。这个过程其实也是中国现代小说创作主体的悲剧意识与悲剧精神由强到弱的过程，中国现代小说悲剧叙事创作的总趋势也与这个过程基本上是同步的。

---

① 周扬：《周扬文集（第1卷）》，北京：人民文学出版社，1984，451-452页。

中国现代文艺中"笑"的观念及其价值

"笑"是人最常见的面部表情和情感反应。在生活的艺术化过程中追求"笑"的品质风格与接受反应往往会产生喜剧性的审美效果。"笑"是喜剧的创作动机和艺术诉求，也是评价喜剧的主要标准和重要尺度，因而，对文艺与艺术升华现实过程中的与"笑"有关话题的讨论，一定程度上就是对喜剧性文艺观念的探讨。在本文中，笔者借助对中国现代喜剧观念的历史处境和思想形态的阐析，探讨中国现代作家对"笑"的艺术化这一问题的诸多认识理解，并试论其当下价值。

总体而言，中国现代喜剧观念，在民族文化反思和人的意识觉醒的历史语境中，受中国传统载道观和西方文艺观的影响启发，一方面，在居于主体地位的严肃文学、悲剧文学观的审视下受到诸多品评和束缚，另一方面，强调思想道德的积极诉求和正面价值，明确区分讽刺、滑稽、幽默等范畴的不同含义价值，较为全面地总结喜剧构思的模式方法，形成了较具开放素质的多元喜剧观念。

在西方文艺史上和文学传统中，喜剧是与悲剧相对的艺术范畴，经常被拿来做关联分析和对比阐释，它们对现实世界与心灵世界有着不同的把握方法和感知方式，地位上也不对等。亚里士多德就因喜剧缺少悲剧的痛苦、毁伤、壮美的力量素质而断定其是下品格的模仿。他推崇悲剧贬抑喜剧的意识偏见自不待言，但影响却广泛长久，这不仅因为古希腊艺术在西方文艺史上的权威地位，也由于整个人类文化史中始终存在的强烈而明确的道德意识的影响作用，毕竟悲剧中的那种崇高、尊贵、优美的素质，是喜剧先天欠缺和不易获得的。

从总体上讲，中国现代喜剧观一直受悲剧观的抑制与排斥，这与悲喜剧的先天属性和西方文学理论的预先提示不无关系，但主要受制于中国文化文学的历史处境与历史选择。近代以来，中国文化在不断升级的民族危机中走向困惑、焦虑、溃败，以西方文化为价值尺度反思和重铸民族文化渐成主流，中国文学随之失去了与西方文学的对等地位。在这种情势下，悲剧相对于喜剧的优越性与进步性再度被强化，前者代表着西方思想的神圣起源和伟大传统；后者则意味着中国文化因循的陈腐意识和堕落的民族根性。早在晚清，蒋观云就认定悲喜剧在救世醒民和左右世道人心上起截然相反的作用——"夫剧界多悲剧，故能为社会造福，社会所以有庆剧也；剧界多喜剧，故能为社会种孽，社会所以有惨剧也。"[①] 这种艺术世界与现实世界悲喜互为因果的两极认识，自然过于绝对、夸张，不符合日常经验。蒋观云显然是要以这种激烈的价值定性来彰显悲剧文学的重要性。他不但将喜剧文学置于进取性和创造性的反面，而且把悲喜剧的价值本质化了。该判断不是单纯的文艺题材价值的判断，而是暗含了文化转型期两种文化处于不平衡状态的社会发展观念与文化重构逻辑，这在其后很长一段时间里被毫不怀疑地接受、继承。

"五四"时期，"喜剧批判"成为文化反思和文学重构的重要组成部分，除了当时被广泛诟病的中国文学的"大团圆"结局外，周作人在《人的文学》中把《笑林广记》等"下等谐谑书类"归为"非人的文学"[②]，视其为中国文学必须根除的不良病灶。鲁迅将中国文学乐天精神的心理素质总结为"瞒和骗"。悲剧文学因具有强大的价值解构力和建构力而被认定具有反抗素质和救世能量；喜剧文学因其娱乐性与游戏性而被认定为文化的掉队者和时代的捣乱者。今天看来，无论是中西文化的价值判断，还是悲喜剧优劣高下的等级认识，既不真实，也无长久意义，但对当时及其后的文学

---

① 蒋观云：《中国之演剧界》，《新民丛报》1904 年 3 卷 17 期。

② 周作人：《周作人文集》，中国现代文学馆编，华夏出版社，2000 年版，232 页。

创作潮流和格局形成的影响却不可小觑。在整个现代文学
三十年中，不同内容、形式、特征的悲剧性文学创作蔚为大
观，喜剧文学不仅在数量上不能与之等量齐观，而且在质量
上也无法与之相提并论，几乎所有的现代文学经典均有悲剧
倾向，喜剧性创作作家们虽时有涉猎却大多乏善可陈，始终
处于文学创作格局的边缘。

即使是活跃性很差的"喜剧性"文学创作在整个现代文
学中，也因其存在可能伤及严肃主题的倾向被认为不合时宜
而屡遭批判，批判重心也由"五四"时的文化批判转到对文
学应正视与表现冷峻现实的强调上。1932 年前后，以上海
《论语》半月刊为中心掀起了一股"小品文热"，带来了小品
文的复苏与生机，它受英国随笔审美意识影响，连构晚明性
灵小品艺术传统，并与处于文坛主流的泛政治化文学观相区
分。今天看来，有相当的积极意义，但在当时却遭到广泛批
评，其中重要方面就是它的闲适性与幽默风。鲁迅指出，把
"苦中作乐"作为战斗前的"愉快与休息"，"寄沉痛于悠闲"
未尝不可，但国人自古以来就"不苟言笑"，而现在又是
"不值一笑"也不宜"强颜欢笑"的"风沙扑面，虎狼成群"
的悲怆时期，我们需要的是悲壮而激越的"挣扎"与"战
斗"，是伟大、坚固的"匕首"和"投枪"，而非"将粗犷的
人心，磨得渐渐的平滑"的麻痹人心的靡靡之音。[①] 老舍早

---

① 鲁迅：《小品文的危机》，《现代》1933 年 3 卷 6 期。

期创作的幽默受很多人批评，鲁迅觉得太油滑，胡适感觉太造作。老舍对很多负面评价了然于心，曾自言，"有的人急于救世救国救文学，痛恨幽默""有人理会得幽默，而觉得我太过火，以至于讨厌"①。批评者对老舍的幽默追求和其对幽默不节制的沉溺是心怀忧惧甚至有着道德上的反感。张天翼《华威先生》发表后之所以引发了国统区有关"讽刺与暴露"的大讨论，除因它被日本军国主义政府借用宣传外，最主要的是因为其喜剧倾向。很多人认为，在民族遭受磨难的艰难时刻和严峻环境中，对抗日政权内部的批评是不合适的，以喜剧为形式和倾向也会模糊和冲淡既定价值目标。讽刺是把双刃剑，既有认识、结构现实的一面，也有模糊、解构现实的一面。它可让人们正视抗日僵持期社会中的黑暗与虚妄，也会使人错认个别现象为普遍现象而伤及抗日热情和民族自信心。更何况，"讽刺"与"油滑"在艺术创作、接受中的边界并不清晰，一旦越过边界，就可能使游戏、娱乐、漫画的内容成为文学写作和文学阅读的重心，从而降低幽默讽刺企图否定和批判的问题的重要性。

虽然，中国现代喜剧文学及其倾向饱受批评，生存发展空间受到相当限制，但其在"娱乐人心的消遣""揭露批判的讽喻""幽默智慧的深度""正统话语的解构"等方面的建

---

① 老舍：《老舍全集第十六卷·文论一集》，人民文学出版社，1999 年版，164—165 页。

构价值还是受到了相当重视的。

"笑"是人有别于其他动物的表情举止，因此卡耐基说，笑是人类的特权。在汉语中，与"笑"有关的词有八十多个，是涉及人的表情的词汇中最多的一个。关涉某一表情动作的词汇分类越具体、越细致，与之相关的心理经验就越丰富、越细腻，其在人的心灵生活和精神世界中占的比重就越大。笑的语义众多，并非所有"笑"都具欢乐性、和谐性，像冷笑、嘲笑、媚笑、淫笑、苦笑、傻笑、皮笑肉不笑、笑里藏刀……但作为朴素、平和、由衷的"笑"是遵循快乐、健康原则的，它与愁苦、病容、幽怨直接相对，是人缓解紧张压抑和释放不快的情感宣泄。所谓"遣愁索笑""破愁为笑""乐而忘忧""一笑解千愁"。如果把正视现实缺陷的悲剧当作生活的"药"的话，那么使现实不足获得弥补的喜剧就是"饭"。"药"只适于病人，"饭"则人人必需；"药"需病时服用，"饭"却一日不可少。饱食健康自会与"病"绝缘，与"药"无涉，即使微恙，"食补"也优于"药补"，正所谓"笑一笑，十年少""千金难买一笑"。这是生活的经验，也是悲喜剧的辩证法。生活中的悲喜剧也好，艺术中的悲喜剧也罢，都与现实中的苦乐一样此消彼长。个人多一分愉悦，群体就多五分和谐，社会上就会少十分的冲突与不满。在这个意义上，"喜剧"与"笑"之于社会人生的普遍价值与重要意义不亚于悲剧，甚至有过之而无不及。钱仁康认为，趋乐避苦是人之常情和心灵获得圆满的必要方式。"幽默恰是增加快乐、避免苦楚的最好工具""人生应该追求快乐，避免痛苦，是无可否认的事""目的是心境恬淡，不感到现实的痛苦。"[①]朱光潜也认为，无论是普通人在生活中，还是艺术家在创作中，都应有把世间一切甚至是丑陋残缺的事物喜剧化的意识与能力。"以游戏的态度，把人事和物态的丑拙鄙陋和乖讹当成一种有趣的意象去欣赏。"[②]在他看来，这是趋近理想人性的生活态度——"拿意造世界来弥补现实世界的缺陷"[③]，也是美学追求的一维——"让嬉笑和诙谐的感情成为一种真正的美感"[④]。上述观念显然蕴含了正视所有人价值的世俗情怀和软心肠品格，他们都认识到，"笑"是真实人性不可或缺的部分，可以补偿现实缺憾与不足，可给人以甘露慰藉与希望自尊。

中国现代喜剧观很大程度上仍延续了中国传统文学的"载道"意识，强调要有积极的社会、道德、理性主题。中国古典文学不排斥喜剧，但要发乎情、止于礼，要自然适度，要以笑明理、寓庄于谐，通俗点儿讲，既要"有意思"，

① 钱仁康：《论幽默的效果》（上），《论语》1934 年 45 期。
② 朱光潜：《朱光潜美学文集第二卷》，上海文艺出版社，1982 年版，27 页。
③ 朱光潜：《朱光潜美学文集第一卷》，上海文艺出版社，1982 年版，182 页。
④ 朱光潜：《朱光潜美学文集第二卷》，上海文艺出版社，1982 年版，30 页。

还要"有意义"。正所谓，"善戏谑兮，不为虐兮"（《诗经》）；"空戏滑稽，德音大坏"（《文心雕龙》）；"人以笑话为笑，我以笑话醒人"（石成全《笑得好》）。中国现代作家同样认为喜剧不但要营造欢愉与快慰，还要有对人及社会的价值生活和伦理处境的深度关切，要兼具审美与教化双重功能。郁达夫谈及自己游记创作的幽默风格时说，"幽默要使它同时含有破坏而兼建设的意味，要使它有左右社会的力量，才有将来的希望。"[1] 朱光潜在《诗艺》中也指出，"极上品的幽默和最'高度的严肃'往往携手并行。"熊佛西则在戏谑、嘲弄、仇恨、反叛层面上认定"喜剧"完全是"社会缩影的批评""教训与快愉是分不开的""笑是是非辨别的标准、社会的生产、社会的指南、文化的促进者，是对社会反常的反抗，因而具有革命意义"。[2] 无论是理论性的概念辨析，还是创作的具体认识，人们都强调喜剧在改造世态人心和推进社会发展上的积极作用，这是时代精神与社会责任感的折射，也延续了中国传统诗学的伦理意图。为此，中国现代作家常对"讽刺文学"与"滑稽文学"做明确区分。区分多不是参考现成的喜剧理论，也不着重于概念范畴和表演程式的辨析，而是在中国现代文学不同发展阶段面临的具体

---

[1] 郁达夫：《郁达夫作品新编》，人民文学出版社，2011年版，348页。

[2] 上海戏剧学院熊佛西研究小组编：《现代戏剧家熊佛西》，中国戏剧出版社，1985年版，239页、232页、273—274页。

问题的思考中感觉到和意识到的。周恩来曾批评民初戏剧的"游戏性"——"名之曰喜剧，则仅属滑稽诨科，无纯正喜剧可言"[①]。冯雪峰的《讽刺文学与社会改革》是对林语堂批评鲁迅杂文写作全为"有趣"和"好玩"指责的反驳，他认为鲁迅创作属于讽刺而非滑稽。讽刺文学"绝不是诙谐或滑稽文学，因为后者常常是没有思想内容的（即只是'有趣，好玩'），带着多量的游戏性质（如吴稚晖底作品便是例子），而且虽然无所为，作用却往往是守旧的。但讽刺文学却是有思想内容，是辛辣而严肃的，它有破坏旧的东西的社会目的，它底作用是属于新的一面的"[②]。老舍谈到自己的幽默观时也引萨克莱的话说，"幽默的写家是要唤醒与指导你的爱心，怜悯，善意。""你的同情与弱者，穷者，被压迫者，不快乐者。"[③] 他对喜剧创作中温情、人道、关怀的重视，正是对喜剧引人发笑中可能产生的对"笑"的对象的正面素质的忽视的警惕。讽刺文学被认为具有正义同情性质，是社会的清道夫；滑稽文学则被认为是搞笑耍滑，是舞台上娱人逗人的小丑。

　　钱锺书还体察到了日常性的"笑"与思想性的"幽默"

---

　　① 周恩来：《吾校新剧观》，夏家善等编，《南开话剧运动史料》，南开大学出版社，1984年版，8页。

　　② 冯雪峰：《冯雪峰论文集》（上），人民文学出版社，1981年版，31页。

　　③ 老舍：《谈幽默》，《宇宙风》1936年23期。

的不同。在《说笑》一文中，他认为，一切幽默都会引人发笑，但是并非引发笑的都是幽默。幽默是人的精神思想对外在世界的即时反应，体现着人观察、理解、把握客观世界的洞悉力、天才禀赋、个性意识，是思想的高端状态和高规格的人生境界，而日常的"笑"则源自感官动作和语言经验，它基本借助固定资源，遵循现成模式。前者是取悦于人和博人一笑的搞笑策略，来自大众经验和被表现对象的喜剧性；后者拥有将理性智慧融于生活直观的从容态度，是主体精神素质与心智能力的体现。幽默是高尚人生态度的自然流露，是被激活的主体的思想深度的集中表现，日常"搞笑"则依靠公式化法则。因此，幽默是脾气而非主张。任何有意为之的提倡和刻意精心的追求都会把幽默变成逻辑预设的产物，而使自然变为造作，自由变为僵化，个性变为庸常，从而使幽默走向幽默的反面而沦为滑稽。"真有幽默的人能笑，我们跟着他笑；假充幽默的小花脸可笑，我们对着他笑。"[①] 钱锺书还认为，幽默的标准应是幽默本身，幽默是对人生的看法，对幽默的认识也该是幽默的。《说笑》这篇思辨"幽默"的文章本身就蕴含着幽默文学特有的风格与语言，透出作者诱人的智慧与才情，有着欧洲绅士将幽默视为"智力游戏"的态度。

"笑"不仅与"痛"相对应，还与"严肃"相区别，

---

① 钱锺书：《钱锺书作品集》，甘肃人民出版社，1997年版，434页。

"笑"的语言和氛围可以淡化理性，消除严肃，减少紧张，改变刻板。喜剧常借用的反讽、戏仿、讽喻、寓言等艺术处理方式拥有天然的洞察力、叛乱性、批判性，它们可将"正常"化为"反常"，"熟悉"化为"陌生"，"真实"化为"虚假"，"意义"化为"荒诞"，因而具有价值判断和意义评估的功能。主体借助"传为笑柄"的调侃和"嬉笑怒骂"的亵渎让崇高神圣的客体显现出本体缺失和结构失谐，令"正襟危坐""不苟言笑""道貌岸然""一本正经"的正谕话语显得表里不一、自相矛盾、荒唐可笑。这种"笑"，是讽刺、鞭挞，也是否定、埋葬。林语堂在《幽默杂话》中说："故正经说，非易板面孔的人生观以幽默的人生观，则幽默文学不能实现；反而言之，一个人有了幽默的人生观，要叫他戴上板面孔做翼道、辅道、明道的老夫子，就是打死他，也做不来。""笑"的随意性、拆解力、不逊力量使重复、刻板、严厉的姿态变得不再容易，甚至不再可能。"笑"源自矛盾，喜剧也要借助矛盾性的结构张力来实现其艺术效果。中国现代思想价值的存在是多元、对立、对诘的。以善伤真的中国文化的精神结构及其影响下的行为方式的表象与本质，转型期中国社会价值观念的多元存在与多义结构，"黑云压城城欲摧"的生存景观与人生社会渴望的理想状态的反差对照，都蕴含着喜剧的素材，洋溢着创作的灵感。喜剧在对是非、真假、善恶的透视和对比中，和悲剧一样可以成为现代思想反叛传统的渎神运动中重建人的权利与尊严所凭借的艺术利器。

中国现代喜剧观的发展建构，不仅有观念和概念的辨析，还有对"笑"的发生机制、范畴界限、构造方法等的总结归纳。熊佛西在梳理贺拉斯、柏格森、黑格尔等的喜剧观后指出，"笑"产生的根底——"是"对"非"的认知和感受，即，"'是'不能使人发笑，'非'才能使人发笑；'常'不能使人发笑，'反常'才能使人发笑"①。西方对"笑"的来源众说纷纭，但普遍认为，"笑"是主体对自身对于客体的优越感的体验与流露，它关涉两种心理意识：第一，因他人遭灾受难而感到的报复性喜悦；第二，因他人智慧低于自己而产生的自豪性愉悦。前者源于人性恶的本质；后者源于人的趋优本能。相比而言，后者更有文化内涵与价值意识，更能体现人完善发展自身与世界的社会属性。将"笑"的发生机制置于"是"对"非"的审视与评判，显然是对"智"的重视，这与中国文化的"性善论"以及中国现代文学创作中的现代性诉求相关。现代思想对传统封建思想落后性与荒诞性的反思与批判，正是要借助"是/非"的二元结构来实现。熊佛西由此总结了"笑"的四种来源：一，两个极端不符合的事物放在一块；二，退化的事物；三，机械性的事物；四，重复的事物。这里，他将矛盾性、落后性、凝固性

————————
① 熊佛西：《论喜剧》，《东方杂志》1930 年 27 卷 16 号。

作为喜剧构造的原型内容。熊佛西还将喜剧分为滑稽、讽刺、机智、幽默。在他看来,滑稽往往付诸浅薄、刺激、轻飘;讽刺则质辣而酸,机智则是思想或语言弄巧的快愉;幽默是最高尚的,它"比滑稽细雅""比讽刺清爽""比机智深刻"。怡墅对"笑"生成模式的认识与熊佛西基本一致,他在《戏剧论集》中也把"重复""愚钝""失常""不调和"视为笑的主因。李安宅在《美学》中指出,化呆滞为轻松的"智巧的美",包含"喜剧与讽刺""游戏性质的是喜剧""报复性质的是讥讽"。不难看出,中国现代作家对喜剧情感来源与技巧程式的总结相当完整。

应该说,中国现代喜剧观念涉猎众多,表现出全面而深刻的理解水平,无论是源自传统,还是来自西方,它们今天都已经成为中国本土性的文化经验与文艺传统中的组成部分。除了艺术构造的总结和艺术范畴的厘析外,中国现代喜剧观的核心认识就是,不但要把"笑"当成社会人生中必不可少的娱乐需求,还要借助"笑"的感染力来传递"正能量",塑成大众健康的思想境界和高雅的审美意识。一代人有一代人的价值和观念,一代人有一代人的处境与目标。当下的文化建设自然有别于现代中国的文化课题,但也存在同构、同义、反复的话题与结构,因此,中国现代喜剧观仍可为当下文艺创作与文化发展提供借鉴。20世纪90年代以来,中国社会正经历着娱乐文化重新苏醒、发育走向高潮的过

程。一方面，对娱乐文化的向往和创造是大众文化的题中之
义，寻求快乐放松是人的本能和权利，将之全部归为商品化
和人文精神的淡化未免偏颇，自居上流的知识分子将源自市
井俚俗的大众欣赏趣味一律斥为不良风气而加以贬斥批判，
是文化先锋主义和贵族主义的偏见，也未将审美兴趣与适用
兴趣相区分。另一方面，我们也要承认，不同阶层群体"喜
闻乐见"的"笑点"不但有所不同，也显然有高有低。对于
低俗和恶俗的搞笑娱乐，有的人乐在其中，有的人则像吞了
苍蝇一样难受。人的娱乐需求的不同层次与文化素养、审
美情趣的不同层次是相对应、相匹配的。借熊佛西的话说，
"文化愈进步，笑则愈高尚；文化愈高尚，笑则愈深刻"①，这
显然是可以获得相当共识的见解认识，而非见仁见智的解释
性命题。

---

① 熊佛西：《论喜剧》，《东方杂志》1930 年 27 卷 16 号。

萧红的文学史价值

　　一个作家能进入文学史，必须要以某种有价值的姿态参与到文学史的建构和发展之中，一个作家在文学史上的意义在于这个作家的出现给文学史带来的崭新素质与历史性超越，以及这种素质和个性在一个民族乃至世界文学发展过程中的示范意义和深广影响。中国现代女作家萧红给世界留下了百万字的文学遗产，虽然与同时代的大部头的作家相比，这份遗产的数量并不显庞大，但是如果将这份文化遗产置于她只有三十几岁的创作年龄，仅有的约八年的创作时间，以及民族革命战争的历史背景和辗转漂泊的个人处境的大的创作环境的坐标中加以考察的话，却是不同凡响的。最重要的是，萧红的文学意义不仅在于一个年轻的女作家在某种极端环境中难能可贵地创作了独具个性的文学作品，更在于这份文学遗产中蕴含的思想内涵与艺术审美之于中国历史社会和文学艺术的巨大价值。萧红的出现是中国现代文学发展中的标志性事件，她的文字在诸多方面拥有着无法复制的历史意义与永恒的艺术价值。

萧红的创作是中国现代启蒙主义话语的重要组成部分。启蒙话语是近代以来在中国社会文化现代化过程中产生的严肃的自我反思和反省意识，作为涉及文化现代性转型的具有社会实践意义的精神源泉和价值尺度，它不但在新旧交替的现代中国具有实践价值，而且在历史反思和思想解放的20世纪80年代被重新提倡和升华，引发了社会思想结构的巨大变革，直到今天仍然有着不容忽视的当代价值。刘中树先生在概括"五四精神"时曾说："'五四精神'的内涵是融合着思想启蒙、政治救亡和走向世界的深刻内容的，体现思想启蒙、政治救亡和走向世界现代性精神的总目标就是人的解放、人的全面自由发展、人的现代性的实现。"[①] 可以说，"思想启蒙"作为"五四精神"的重要组成部分已成为中国现代文学思想现代性的首要指标。体现着启蒙精神的思想批判和反思蒙昧已经成为萧红文学活动的精神原则和价值指南，在她看来，"现在或是过去，作家写作的出发点就是对着人类的愚昧"[②]。在《呼兰河传》和《生死场》中，萧红对传统文化秩序中非理性的民间心理结构进行了深度挖掘和剥离，大胆地暴露和批判了中国民族文化中的落后因素和野蛮陋习，

---

① 刘中树：《五四精神与中国新文学》，《社会科学辑刊》，2008年第2期。

② 萧红：《现时文艺活动与〈七月〉——座谈会记录》，《七月》，1938年第15期。

展现了人们司空见惯又不敢正视的精神创伤。萧红后期的代表作《马伯乐》更是刻画了一个精神上极具深度和可感性的国民人物的典型，这个人物的精神面貌被认为是"中国现代文学中还从来没有被描绘过的性格"①。可以说，萧红的文学创作是中国现代启蒙话语发展的重要一环，缺少了她，对中国现代启蒙话语内部的复杂性和丰富性的探讨是无法充分展开的。众所周知，鲁迅是中国现代启蒙话语的开创者和集大成者，萧红"吸取的一直是鲁门的乳汁"②。鲁迅对萧红的提携，以及对其在文学道路上的影响，自不待言。萧红对民族精神结构和文化心理的价值审视，应该说有来自鲁迅启发的成分，二人的认识也有交叉。在启蒙的精神向度上，他们对国民性问题的认识也是同构的，精神症候也是相似的。但是从来源上讲，应该说萧红自觉的启蒙意识的主体并不是源自于鲁迅，而更多是从自我的精神结构中衍生出来的。鲁迅的国民性话语主要是西方文化价值参照下的自我反思，而萧红文学的文化批判力量更多是来自来于对地域性文化背景中和战争状态下人的麻木、卑微、粗鄙的生活形态的强烈体认。如果说鲁迅的启蒙是一种文化实践的话，萧红的文化批判视角则是一种生命实践。相对于文化实践，生命实践虽然缺少

---

① 艾晓明：《女性的洞察——论萧红的〈马伯乐〉》，《中国现代文学研究丛刊》，1997年第4期。

② 孙犁：《孙犁文集：第五卷》，天津：百花文艺出版社，1992年版，162页。

思想的光辉和理性的深度，但却充满了日常经验和个性感受，更具细节与生命力。最为可贵的是，萧红在"五四"退潮之后，仍然以一种独特的姿态坚守在启蒙的行列。她能够在民族革命战争的历史浪潮中，在"救亡"压倒"启蒙"的背景下，在主流的左翼文学和民族主义文学无不在阶级论与种族论之间做优胜劣汰的是非甄别和二元分析的创作主潮的裹挟下，一改大多数作家对民族苦难的程式化的外表化描写，将民族病疾和苦难记忆给予洞察至里的揭示与表现，实属不易。

萧红的地域性书写是中国现当代文学史上一个重要的地理坐标。迈克·克朗（Mike Crang）在《文化地理学》中曾说过："文学地理学应该被认为是文学与地理的融合，而不是一面单独折射或反映外部世界的镜头或镜子。同样，文学作品不只是简单地对客观地理进行深情的描写，也提供了认识世界的不同方法，广泛展示了不同的地理景观。"① 的确如此，地域文化是文学扎根民族文化特定形态、挖掘民族潜能、拓宽文学想象边界所凭借的一种有效的手段与途径。在 20 世纪 80 年代"寻根文学"的创作及其影响中，我们可以看到地域文化在新的美学力量开疆拓土的过程中释放出来的巨大能量。在中国现代文学的发展过程中，由于域外

---

① 迈克·克朗：《文化地理学》，杨淑华、宋慧敏译，南京：南京大学出版社，2007年版，52页。

文化的冲击而引发的思想解放潮流和外族入侵而引发的救亡图存思潮的强势制导，文学创作一直呈现出整体性、潮流性的特征，文学的时代精神挤压了地理表达的空间。虽然，一些地方籍作家在创作时，也会流露故乡的乡土色彩，但是这种描写常常受时代主干性思想的影响，乡土世界往往成为现代意识和政治观念考察和反思的对象与模本，在大多乡土文学中，时代性的思想价值要重于地域性的审美价值和文化价值，地域景观的复杂性和丰富性往往被遮蔽。作为一种成规模的以审美性和民间性为追求的地域性群落创作，在以萧红为首的"东北作家群"出现之前是很少见的。如果"东北作家群"中没有萧红，其影响与意义无疑会逊色不少。萧红的作品对东北地域的原始风光、方言俚语、民俗事象，以及生活化的地域生命形态给予了系统而全面的描绘，在作品中努力发掘既封闭保守又粗狂坚韧的东北文化的精神品格，流露自己熟悉的乡野经验与边地记忆。萧红的地域书写并没有把乡土世界当作现代化反思和政治启蒙的一个只有反射功能的扁平镜子，而是有着自觉的民间土地的生根意识，充分凸显了身处本土地理文化情境之中的主体性的审美文化反应。萧红"对时代是有浓烈的情感的；她对周围现实的观察是深刻的，体贴入微的。她对国家民族，是有强烈的责任感的。但她不作空洞的政治呼喊，不制造虚假的生活模型。她所写的，都是她乡土的故事①"。萧红地理写作是在民族战争背景和流亡状态下完成并产生影响的，这种书写除了"故乡"的价值和"怀旧"的意义，还有了"解放"和"独立"的时代内涵与历史特征。以萧红为首的"东北作家群"在中国现代文学史版图上的崛起，也很大程度上改变了新文化和新文学发展中南方籍作家挑大梁和东北文学发展滞后的尴尬局面，使东北文学在新文学史的地理分布上获得了一席之地。而在其后出现的东北风系列文学作品中，无论是红色经典中的《暴风骤雨》《林海雪原》，还是 20 世纪 80 年代以北大荒为背景的知青文学，包括当下笔耕不辍且勇于创新的迟子建和孙惠芬的创作，无不是从萧红那里袭取想象的灵感与资源。应该说，萧红之后的东北文学创作大都受惠于萧红创立的文学传统，萧红对东北地域作家的创作有着原型和示范意义。

　　萧红文学的女性意识在文学史中独具一格。女性主义是中国现代文学发展过程中一个无法忽视的文学史现象。它是在中国文化现代性转型过程中借助西方的人格觉醒和个体尊严等现代思想力量孕育而成的追求女性思想独立和精神自由的性别权利意识。女性意识以其独特的体察视角和解构力量，在女性解放的社会实践中发挥着重要作用的同时，也使文学创作出现了独具女性特征的品质特征、伦理内

---

① 孙犁：《孙犁文集：第五卷》，天津：百花文艺出版社，1992年版，163页。

涵、审美气质和价值机制，拓展了文学价值和审美表现的空间维度。20世纪三四十年代，中国作家的女性意识大多依附于革命战争叙事之中，女性解放成为阶级解放和民族解放的附带物，这乃是由于时代思想的巨大裹挟所致。"有幸的是，无论时代思想的力量多么的巨大，总有'异类'能逃逸它的规范。萧红就是这样一个'异类'，以自己的创作体现了那个时代女权理性所能达到的丰富和深刻①"。摆脱男性权力的历史制约，维护女性尊严，寻求女性解放是萧红文学创作的一个显在的价值追求。在《小城三月》中，萧红通过对"林黛玉"式的人物"翠姨"的塑造，将边域小城中追求婚姻自由、摆脱父权枷锁的女性心理世界诠释得淋漓尽致。在《手》中，萧红以第三人称视角叙写了边缘女孩儿王亚明被排斥，无法获得自尊与安全感的生存处境，这种处境恰是女性在男权社会金字塔底部真实境遇的贴切转喻。萧红不但极力揭示两性秩序和权力等级中性别的不平等，而且在文字中还努力回避女性之于男性的感情。在《北中国》《旷野的呼唤》《看风筝》等作品中，萧红虽然意在表现战争中个体的牺牲给家庭带来的残缺与苦难，但是在尝试这一主题的时候，萧红却弃当时小说创作中"寡妇丧子""寡母思子"等主流模式于不顾，反其道而行之，表现在丧子事件中父亲情

---

① 朱德发：《20世纪中国文学理性精神》，上海：上海人民出版社，2003年版，458页。

感的疯狂、软弱、无序，而作为母亲的女性则表现为含蓄、节制、内敛和常态。这恰隐晦曲折地表达了她对将自己的生命与情感全部倾注于男性身上的妇女的反感与疏离。萧红的女性意识不但强烈而且特别，她的女性主义立场不是受女权主义理论启发，也不是对时代价值的一种直接的呼应，而是来自于对故乡女性现实处境的感同身受的体验，有强烈的自我指涉性。在某种意义上，萧红笔下的女性的生存境遇是作者自我的坎坷经历和精神创痛改头换面在字里行间的重现。与同时代的女性主义创作相比，萧红不像丁玲、庐隐等人那样用自传体展现城市知识女性的敏感阴柔、悲悲戚戚的情感处境，也不像张爱玲那样通过人与人之间的控制与反控制的情感关系来透视两性秩序中女性的挣扎与迷失。而是以底层视角与平民意识来审视在粗犷大地上失语的农村妇女在男性秩序的荒野中混混沌沌的生死和卑微的周遭，字里行间有着沉浑强悍的傲骨和男性化的英雄主义风格，浸渍着精神主体毫不屈从退让的焦灼意志，在中国现代女性主义文本中自成一格。

萧红的文学作品具有生命洞察的敏锐和人道关怀的深度。一部文学作品只有具有普遍人性的深度和对人存在的永恒性的价值悖论的关照，才能为不同时代的读者所接受和认可，才有可能不沉于时间的渊薮而获得经典的品质与地位。而与历史范畴中的特定思想和特定时代精神捆绑过于紧密的文本，虽然可以获得一时的轰动效应，但是随着与其连构的思想的失效与时代的逝去，其文学价值会越来越小，从而难逃被遗忘的命运。两千多年的中外文学流传接受史已经充分地证明了这点。在中国现代文学发展过程中，由于文以载道和实用理性等传统观念的影响和中国现代历史的特殊处境产生的家国意识的制约，使大多数作家专注于在社会发展和历史变革的意义上强调文学的作用，文学的发展始终随着政治生活的主流和社会机制的外在变化而变化。而非时代性、非实用性价值观念的自觉探索意识则十分淡薄，对文学作品的评价往往也以时代性为标准，孙犁先生就曾将萧红的出现归于时代——"萧红崛起哈尔滨，乃东北沦陷、民族危难深重时期的产物。时代变革之时，总是要产生它的歌手的"[1]。时代的确造就了萧红，但萧红的文字却不拘泥于民族战争背景下东北民众的苦难经历的平面化描写，而是力图挖掘存在于历史时间和自然秩序中人的被动性的命运体验和悲剧处境，在她的眼里，"作家不是属于某个阶级的，作家是属于人类的"[2]。萧红曾悲悯地认定自己笔下的人物，"都是自然的奴隶，一切主子的奴隶"[3]。这里的"自然"是历史、命运等

①　孙犁：《孙犁文集：第五卷》，天津：百花文艺出版社，1992年版，163。

②　萧红：《现时文艺活动与〈七月〉——座谈会记录》，《七月》1938年第15期。

③　聂绀弩：《萧红选集》，北京：人民文学出版社，1958年版，4页。

禁锢人的"必然性"的代名词,"主子"衬托了必然性的冷酷和暴虐,而奴隶则转喻了处于"必然性"秩序中的人的被动的尴尬处境。萧红的作品很多都可以看作展现处于"必然性"之中的人类的共通性命运的悲剧寓言,寓言性作品和非寓言性作品的差别在于它表述的语义重点不在于作品的内容本身,而在于外在于内容的某种观念。在《呼兰河传》中,作为段落的发起句反复出现的"我家的院子是荒凉的"成为人类生存境遇的凄婉象征。《红玻璃的故事》则表现了日常经验无法言说和解释的神秘宿命,母女二人葫芦似的循环命运令我们感到了救赎消失的震撼。《生死场》中生死的周而复始与轮回,赋予时间以凝固与因循的意义,作品涉及了死亡、时间等自然秩序对人的制约与禁锢的主题。在《北中国》和《旷野的呼喊》中,萧红以伦理秩序中的人的受难折射了正义的错位与历史的悲剧。萧红的小说将人的生命流程和价值处境置于形而上存在主义的层面上予以关照,表达了对生命本质的追问和人类普遍经验的体察。萧红对人生存状态的关切,对人性的深刻洞察,以及对生存境遇的警惕性思索,都涉及了超越时代、民族、阶级立场的具有普适性的人的精神和命运拯救的终极问题。她没有同时代作家那种秉持着线性历史观的乐观昂扬，也没有在假大空的解决方案中寻找心灵的避难所，而是直面自然荒原中的人的主体性被剥夺之后备受束缚的命运悲剧和苦痛不堪的生存真相。这种深沉的人类意识使她的创作一度被视为落伍和不合时宜。《呼兰河传》就曾被理解为"没有一个人物是积极性的"，"看不见封建的剥削和压迫，也看不见日本帝国主义那种血腥的侵略"[①]。但是今天看来，萧红作品的人类学视角恰是其文本在未来时间中与读者产生思想共鸣的艺术成分中的超稳定结构，因为它的深刻性和普遍性已经与人的本质性的处境和感受相契合。"重新审视文学史的事实与观念时，应该在政治逻辑之上加入人性与人类的尺度。""文学史写作与评价要纳入到人类思想史的分析之中。"[②] 这是当前文学史观的一个科学认识，也是今后文学史写作的必然发展趋势，在这样一种评价机制和标准之下，萧红的文学史价值将会越来越高。

萧红对现代小说文体的发展有独特的贡献。萧红的小说在20世纪30年代一出现就引起了人们的关注和争论，争论的一个重要方面就是其作品不拘常例的自由体特征。萧红小说的行文采取了当时文艺创作中十分罕见的散点透视的方法，整个作品没有中心线索与因果链链接明显的内容结构

---

① 茅盾：《茅盾文集：第10卷》，北京：人民文学出版社，1961年版，97页。

② 张福贵：《革命史体系与现代文学史写作的逻辑缺失》，《吉林大学社会科学学报》，2006年5期。

和错综纠葛的人物关系，也没有当时主流现实主义艺术规范
中那种常见的高潮迭起的正邪冲突，而只是一种故乡记忆的
编排和自我经验的流露，呈现出一种空间化、立体化的油画
效果。此种不拘常例的散文化的小说叙事风格在她的代表
作《呼兰河传》和《生死场》中十分明显。该笔法在当时被
视为布局谋篇不甚成熟和行文冗赘的表现。鲁迅先生就认为
《生死场》"叙事和写景，胜于人物的描写"①，《呼兰河传》也
被评价为"没有贯串全书的线索，故事和人物都是零零碎
碎，都是片段的，不是整个的有机体"②。今天看来，萧红为
人所诟病的地方，恰是新的文学风格的开始。任何文艺形式
都有反映现实、结构现实功能，任何文学形式都是为作家表
义实践活动提供模型与图式的。作家采用的修辞方式，"不
是预设一个艺术形式"而是"为了给自己的感情世界寻找一
个表达存在的方式"③。萧红小说的文体样式恰是适合她心灵
表达和情感宣泄的一种成功的艺术模型，是"她介入人生体
验，展开生命审视的一条途径"④。萧红创造的集散文与小说

————————

　　① 鲁迅：《鲁迅全集：第6卷》，北京：人民文学出版社，1981年版，
408页。
　　② 茅盾：《茅盾文集：第10卷》，北京：人民文学出版社，1961年版，
96页。
　　③ 陈思和：《中国现当代文学名篇十五讲》，北京：北京大学出版社，
2003年版，288页。
　　④ 王洪涛、胡亭亭：《论萧红小说中的童年视角》，《学习与探索》，
2006年第3期。

特征于一体的文体，既容纳了双方各自的艺术处理方式，又有效地协调了叙事与抒情两种语言、格调、结构之间的关系，使文本逃脱了格式规则的种种先验限制，生成了新的文类秩序和文本张力，在张力中，客观世界被无羁、舒缓的主观情绪所驱使，多种叙事视点参差和谐并存，并可自由转换，依靠它，萧红构建了属于自己的"空间记忆"和"回忆诗学"的象征体系。对于文体风格的创新，萧红有着高度的自觉，她认定"小说有一定的写法，一定要具备几种东西，一定要写得像巴尔扎克或契诃甫的作品那样，我不相信这一套，有各式各样的作者，有各式各样的小说"①。对文学史有意义的作家不是对已有的艺术法则墨守成规、亦步亦趋的作家，而是不断创造和突破的作家，正如萧红所言，"一个有出息的作家，在创作上应该走自己的路"②。萧红的小说创作逃避于当时主流的修辞方式和创作陈范，抓住个人经验，吸纳自我回忆和精神漫游的法则，创造了具有独特审美特征和艺术规范的小说文本。用自我总结出来的艺术法则来诠释自我的心理样式和历史体验，反映了作家不苟时尚的创作心态和冲破规范的探索精神。萧红独特的文本实验激活了文学创造的内在活力，影响了中国现代小说观念的认识和文学的再

① 聂绀弩：《萧红选集》，北京：人民文学出版社，1958年版，2—3页。

② 刘慧心：《文坛人物剪影》，重庆：重庆出版社，1985年版，34页。

生产，促进了中国现代小说艺术的成熟。为此，萧红被誉为"中国现代文学史上最有文体意识的作家之一"①。

萧红是"五四"一代走出旧家的娜拉的典型，她的一生是不停辗转、奔波又历经劫难的一生。她的文字是气质与体验的交会，是生命与理想的交融。萧红在与生动复杂的历史时代紧密结合过程中，建构了鲜活而充满创造力和生命力的文学史图景。她文学中自觉的启蒙立场、独特的女性意识，开拓性的地域书写，深刻的人道关怀，富于新意的文体创造，使她的创作突破了文学主潮和主干社会思潮的影响和羁绊，获得了严肃的思想性与非凡的艺术表现力，给中国文学带来了崭新的素质与色彩。萧红的文学创作代表了新文学阶段性的实绩，得到了各个时代文学史家和评论家的高度评价。《生死场》被认为"给上海文坛一个不少的新奇和振动"②。《手》被评价为"现代文学最好的短篇之一"③。《呼兰河传》被评价为"透出了鲜烈的个性"④。《呼兰河传》还在20世纪末《亚洲周刊》"百年百部小说"的评选中名列第

---

① 陈思和：《启蒙视角下的民间悲剧：〈生死场〉》，《天津师范大学学报（社会科学版）》，2004年第1期。

② 许广平：《许广平文集：第1卷》，江苏：江苏文艺出版社，1998年版，88页。

③ 杨义：《杨义文存：第四卷》，北京：人民出版社，1998年版，181页。

④ 司马长风：《中国现代文学史下卷》，香港：昭明出版社，1978年版，84页。

九。萧红是一个从时代经验和自身处境中生成的,以独特姿态参与历史语境和文学语境的建构,并对文学历史和社会发展构成重要影响的作家。虽然在一段时间内,由于萧红创作的关注重心、叙事立场和修辞方式与主流文学标准和研究者期待视野的偏差与距离而被文学史忽视和冷落,没有受到客观公正的评价。但是她文字中最激动人心的、最恒久的、最有审美意义的内容却不可能永远被埋没和漠视,而是会随着时间的推移,不断得到后来者再发掘和再肯定。"萧红的思想是深邃的,她的目光穿透了漫长的世纪,望着人类的未来。她属于那种永远不会被人们遗忘的作家。"[1] 萧红虽然生于 20 世纪,但是却活在 21 世纪和更远的时间维度中。

---

① 季红真:《叛逆者的不归之路》,《读书》,1999年9期。

重返历史现场：中国现代文学研究拓展的路径

近年来的中国现代文学研究呈现明显疲软状态，很多研究者转向当代文学研究，现代文学在研究生论文选题中所占比例持续下降、现代文学研究的学术期刊开辟当代文学研究栏目、学术话题匮乏与重复都是具体表现。20 世纪 80 年代以来的中国现代文学研究取得的积极进展基本上是借助文化观念由"封闭一体"向"开放多元"转化的历史契机实现的，路径主要有两种：第一，新的文学史观和方法立场带来的颠覆与发现。将现代文学研究时间边界前移，对被历史遮蔽的文学史图景重新发掘、展示，以新的文学价值重释文学经典，以新的理论方法重构文学阐释维度，海外研究视域的引入和融入，皆属此种；第二，对文学史微观个案的发掘和研究。文学期刊、文艺副刊、文艺小报、文学广告等的分类研究皆属此类。而时至今日，如果说中国现代文学这片并不广阔土地的每一寸都被开垦过也不为过。无论是新观念的引入、新方法的调用，还是新史料的发掘，空间都相当有限。

近年来，缺少热点和集中论题的中国现代文学研究已开始从纪念性事件中寻求话题，像重要作家诞辰、逝世的周年纪念，重大历史事件的文学叙述、重要文艺期刊创刊百年，往往会成为当年学术研究的中心议题。2015年"抗战文学研究热"和"《新青年》研究热"就是典型例证。这种不以学术问题为中心的寻求学术话题的方式本身就是学科研究能力弱化的标志。三十年的文学被研究了六十多年，在很多人看来，研究很深很透，走向弱化也是情理之中，可这并不意味着中国现代文学研究空间所剩无几。

多年来，无论是文学史写作，还是学术研究，学界基本上是在思想的、历史的、审美的层面展开。一类文学现象在这三个维度上的价值，也决定了其在学术格局中的重要性与重大性。即，一个文学现象越具思想的尖端性、艺术的活跃性、历史的重要性，它受的关注与研究就越多，被几代学人目光聚焦的可能性就越大。这些内容被反复研究和阐释的过程，也是研究领域凝聚和筛选的过程。此后，与之有关的文学现象和研究领域渐渐被经典化，这些被强化和突出而获得醒目位置的学术场域，成为中国现代文学研究地图上一座座高耸的山峰，由此也形成了中国现代文学研究的基本格局。任何涉足现代文学领域的研究者都绕不开它们，为高耸的山峰添砖加瓦很多时候被认为是一个优秀研究者必需的学术训练和学术积累。而当我们无数次在山峰上耕耘时，山峰之间的草地与河流却被我们忽视和屏蔽了。相对于山峰，它们不仅是次要和次等的，同时也是边缘和隔膜的。一方面经典化的学术领域有着强大制导力，犹如吸力巨大的磁石吸附着大量学术资源，新的学科话题的延伸与学术领域的开拓须以之为前提、参照；另一方面，非经典研究领域是大多研究者知识结构中的边缘乃至空白部分。在一个以量取胜的科研体制中，追求多快好省产出的研究者对它们常望而却步，毕竟资料的初级筛选、整理、鉴别要耗费大量精力。在经典领域研究已经饱和的情况下，非经典研究领域正是拓展现代文学研究的方向。它们固不如经典领域显赫，但也未必是退而求其次的选择。因为，它们比那些被观念化、知识化、体系化，纳入到固定言说体系和研究秩序中的经典研究对象更为日常、淳朴、原生态，不但没有前者的先验之见，也与原生历史有更多生动联系。借助它们，我们可以重返历史现场，重现那些被主流思想史与审美意识遮蔽了的丰富而复杂的文化史细节和文学构造，"1945—1949 年东北文学"就是这样的领域。

笔者认为，学界多年来对这段文学关注较少的原因主要有两点，第一是其没有思想史上的话题性，其主体是解放区文学的组成部分，但它显然没有延安文艺运动在中国现代文学史格局上的开拓意义，以及对社会文化与文学生产的强大而持久的影响力；第二它没有文学史上的经典性，这一时期文学刊物创办与文学创作都是在解放战争的烽烟炮火中进行的，因创作短促而没有艺术审美上的较高品质。正因如此，侧重思想性与文学性的中国现代文学研究常会忽略这一存在。目前已产生的成果主要集中在两个视域上，且以东北学者的研究为主。其一，东北文学整体研究的结构性部分，像逄增玉的《东北文学论稿》就涉及了东北解放区秧歌戏"诉苦—翻身道情—拥军支前"三模式，以及草明工业题材小说主体诉求面对东北工业化历史现实的选择所产生的暧昧、吊诡；其二，东北解放区文学史著述，这主要以1995年版的《东北解放区文学史》为代表，该著涉及了有关论争并以题材分类方式对代表性作品做以介绍。而这一时期文学资料的整理主要是20世纪90年代张毓茂主编的《东北新文学大系》中涉及的部分。总体上讲，"1945—1949年东北文学"还处于资料量的积累与少数个别文学现象散点透视阶段，缺乏整体和系统研究。

"1945—1949年东北文学"研究的必要性和重要性在于它的标本意义与认识价值。这一阶段的创作有一个由伪满文学，到国统区文学与解放区文学共存，再到解放区文学的转换脉络。它不像老解放区文学直接过渡到新中国文学，也不像大多数国统区因政权更迭快而迅速变换文学环境。它有渐进性、转换性、过渡性，更具动态、更有细节、更为丰富。总体上讲，它是延安解放区的文化价值和文艺经验在因东北解放进程而不断调整的社会文化价值结构中逐渐确立主体地位的，既受东北解放局势与东北根据地政治实践影响，又与东北较为独特的地域文化、思想氛围、文学传统不断对话，而非已有文学经验的简单移植。东北解放区文学发生和确立主体地位的过程中呈现的各种表征，及其与异质于自身的思想文化的摩擦和磨合，形象地呈现出新中国成立前，以夺取政权为诉求的"延安文化"大一统地位和合法性实现过程中的处境与选择。这里边既包含了现代中国各种思想意识与文学观念的分歧，也对新中国成立后的文化选择与文学制度做出了提示。"1945—1949 年东北文学"再研究的核心是"文化变革"与"文学实践"，要突破已有研究框架与认识水平，需关注以下几个问题：

第一，延安文学扩张对东北固有文学秩序的消解问题

应该说，剔除殖民文学色彩和相应价值判断，东北沦陷区文学是较丰厚的。有一定规模数量的作品出版，有蜂起的文学社团，又有不断接续的有才华个性的作家群体，还有颇有建树的理论主张。如果较纯粹地为抗战期间中国各地域文学整体素质打分的话，东北沦陷区文学肯定不会排在后面。这相对于之前漫长历史中，当然也包括"五四"之后东北文学的贫弱而言，相当醒目，也十分难得。

东北在抗日战争胜利后，除少数政治上附逆的作家面临审判或被剥夺创作权利外，大多仍延续饱满的创作热情。李正中在 1945 年抗日战争胜利后不久创刊的《东北文学》就聚集了一批有共同文化背景和文学趣味的伪满作家。他们的创作虽然拘谨而局促，大多流露出艰涩、朦胧、颓废的艺术气质，有别于当时的大众经验和群体意识，也不直接服从和依赖于经济和政治变革的要求，但从其对沦陷十四年东北文学分体裁的历史总结的意图中，不难看出其重构和再造东北文学的气魄与努力。但该刊和作者群很快被视为"日伪文化流毒"而遭贬斥，刊物停办，作家们后来因四处碰壁很快就淡出文坛，他们秉持的文学风格与价值观也迅速崩溃瓦解。历史固然不容假设，但可推测，如没有老解放区文艺势力依托政治力量的强行楔入，抗日战争胜利后的东北文坛在伪满作家自我重新调整和定位后，仍可保持强大的创作惯性与相应格局。

"东北解放区文艺"是"延安文艺"首次在延安之外大规模延伸和扩展，它不像西北解放区文艺那样主要借助源源不断汇聚到延安的受过现代教育的知识分子的文化热情自发生成，而是依靠政治力量强行打断和改变了东北文化与文学的历史进程，并迅速将原有存在扫除和边缘化。批判者借用了当时殖民主义文化批判的思想资源和历史态势，并轻而易举地达到了目的，但却始终无法在"民族的文学"替代"殖民地的文学"的解释学框架中获得全部合理解释。毋庸讳言,抗日战争胜利后伪满作家的创作不能也无法完全褪掉东北沦陷区文学的格调色彩,但创作动机、出发点、思想性质显然已非殖民地文学,而是和东北一样获得了新生和新意。即便如此,以历史结局反观,它在当时显然处于解放区文学规划之外,新的文艺势力并没给他们洗心革面和角色转换的机会。它们面临的危机和命运本质上不是来自"殖民地文学"与"民族的文学"的不同形态和不对等身份,而源于"非工农兵文学"与解放区文化语境的不相容性。东北解放区文学对很多异己的文学文化的敌视和排斥都显示了该症候。在李克异(袁犀)的《网和地和鱼》,以及发表于《东北文学》上的《血族》的批判中,批评者关注重心虽是伪满文风,但落脚点却是作者生活和创作中流露出的方巾气和书卷气,它们的纯写实性和朦胧性的文学创作与"工农兵"的宏大叙事和党性原则格格不入,这其实是"延安文艺"发生起点上就存在着的文化冲突与文化选择的原型问题。

第二,一定时期内多元文艺并存问题

毫无疑问,"东北解放区文学"并不能等同于"1945—1949年东北文学",因为,无论在空间还是在时间上,前者都不能囊括后者全部文学事实。但多年来,"东北解放区"

文学之外的存在早已被掩入历史叙述和学术研究的盲区，被选编进资料汇编的也寥寥无几。现在看来，重要的不是二者的"空间差"与"时间差"中存在什么，而在于"东北解放区文学"替代"1945—1949年东北文学"成为历史言说主体过程中，被创造性遗忘压入历史无意识的那部分时代场景、集体经验、个体体验是什么，以及是如何被遮蔽的。

　　一方面，抗日战争胜利后的东北文化一度混乱而自由；另一方面，东北全境解放也有客观发展，由开始的苏占区，到后来国共两党军事势力反复拉锯，再到中国共产党的政治影响力由"北满"渐至"南满"。由于始终处于战争状态，这一阶段东北文学大多不是在闲暇从容状态下创作完成，发表阵地也主要是综合性的报纸文艺副刊。不同文化政治背景文艺的并存对峙成为这一时期东北多元复杂文化构成的一个侧面。当时日本侨民与苏联侨民办的可发表文艺作品的刊物有《俄语报》《苏联青年》《民会报》《青年战旗》；国统区仅长春就有《中央日报》文艺副刊、《湘潮日报》文艺副刊、《前进报》文艺副刊，以及《国民文学》《关外诗歌》等文学杂志；东北解放区有影响的文艺阵地有《东北日报》文艺副刊、《合江日报》文艺副刊、《辽北新报》文艺副刊，以及《草原》《东北文化》等文学杂志。在两年多的时间中，不同政治背景的文艺都处于活跃状态并表现出各色的文化意识和审美趣味。

当时东北"解放区"与"国统区"关涉鲁迅的文艺话语就很不同。延安文艺分子到东北后不久就筹划举办了鲁迅逝世九周年纪念大会，活动既是对鲁迅的缅怀，也是以鲁迅凝聚人心，随后几年的诞辰日也均有纪念，萧军、金人、草明等人都有撰文。"东北解放区"的鲁迅话语有两个特点：第一，鲁迅的思想和创作被镶嵌在社会学知识和政治宣传中；第二，随着东北解放进程的推进，对鲁迅的纪念，无论是活动的次数，还是关注度和组织化程度上，均呈弱化和淡化趋势。除了身体力行、积极宣传光大鲁迅思想的萧军被批判的原因，更多是因为作为破坏性和否定性的鲁迅思想在东北解放战争不同阶段表现出的相异价值所致。"东北国统区"文艺对鲁迅的讨论同样不少，多集中在文学研究与个人趣味上，关注的问题有"鲁迅小说与外国文学""鲁迅笔下的社会问题""鲁迅的家庭与文化选择"等。

1946—1948 年东北"解放区"和"国统区"也拥有较为相似和固定的话语场，这个话语场在抗日战争胜利后民族文化反省与改造、民族历史的总结与重构的潮流中形成，并围绕"辛亥革命以来的中国社会""东北地域与东北文化""文艺与政治的关系""知识分子的价值定位""文学的时代性与社会性"等展开讨论。总体上讲，东北"解放区"与"国统区"在重塑民族自我和改造区域文化主张上高度一致，但对辛亥革命以来中国社会历史的性质与道路的总结判断，以及知识分子与文艺创作的功能作用的认识上却有重大不同。这一时期东北文化的异质同构与动荡分化成为即将转型的中国社会的缩影。

第三，解放区文学的东北地域化问题

中国现代文学史中的解放区文艺的经典是由民族化和民间化风格铸就的，延安文艺在整个 20 世纪 40 年代中国文艺格局中的一席之地和文学史地位也以此为标准和参照。延安文艺经验在向东北横向移植后，必然要面对借助新的地域文化内容和地方艺术形式实现大众化文艺诉求的问题。这个诉求实现过程是双向的，一方面是东北地方文化对解放区文艺生产的适应、参与、配合；另一方面是西北解放区文艺创作主体对东北地域文化的了解、调用、改造，二者的相互依存和互相磨合在当时东北特殊历史文化语境中又会产生两个问题。

第一，陕北的政治乡土文化遭遇东北较发达的城市文化的处境问题。东北当时是中国城市较为密集的区域，曾作为伪满洲国"首都"的长春就在 20 世纪三四十年代诸多亚洲城市现代化指标中居于首位。抗日战争胜利后不久，作为随军记者的刘白羽曾在《长春杂记》中表达了他对满映的规模和影响的评价，并认为长春"大同大街"是中国最宽的街道，街旁景观可媲美华尔街。从中可看出东北城市的发达程度，及其给长期工作在乡村的老解放区知识分子带来的震动。直白、朴素的民间艺术要适应东北市民阶层的文化水平与欣赏习惯需要过程和时间。虽然，"东北沦陷区"曾有强大的"乡土文艺"传统和实绩，并由此培育出较庞大的拥有乡土意识和审美趣味的读者群体，但是强调民族根性与生命韧性的沦陷区的"乡土文学"仍是生活在城市中的精英知识分子的想象方式和体验方式，不像"工农兵"文学那样有推翻阶级压迫和解放劳苦大众的明确政治目标，更没能在文艺通俗化层面上与民间市井形成同构。"解放区文化"在东北的形成建构过程必然涉及"工农兵文化"对东北已有的"城市文化"和"知识分子文化"的铭写改造问题。

第二，来自陕北的作家群体储备的大众化经验能否在短时期内适应东北文化土壤的问题。老解放区来到东北的文艺骨干除萧军、罗烽、端木蕻良等东北流亡作家群成员外，很多人并非东北籍贯，甚至是第一次踏上这块土地。相对于出生地和较为熟悉的老解放区，他们对东北地域文化与地方艺术是陌生和疏隔的。有生命力和感染力的民族化艺术要像血肉一样深植在作家生活经验与艺术气质中，赵树理、阮章竞、李季等人借鉴民间文艺形式取得的成功正仰仗深厚的民间艺术经验孕育的个性与吸引力。而来自西北解放区的文艺工作者到东北后虽大多被派往基层工作一线体验生活，但在短时间内完成高度组织化精神生产所需要的大众化写作绝非易事。湖南籍作家周立波为了彰显大众化意蕴在《暴风骤雨》中长篇累牍使用自己并不能深刻领悟的东北方言而使语言陷入不合时宜的艰涩，是当时大众化文艺实践走样的显著例证。邵华和草明等的创作都有同样问题。这不仅是反思东北解放区文学的缺陷与不足的问题，也涉及文艺大众化自"五四"被提倡以来，由有体验实感和内在性的艺术观变为政治意图支配下的可模仿的套路和可操作的公式而失去活力的问题。这影响了日后大众化文艺的再生产，也限制了东北产生解放区文学经典的概率和可能性。

第四，东北解放区政治运动的特殊文化反应问题

自古以来，东北就有有别于其他地域的文化构成。东北成为解放区的过程，也是原有文化解构和重构的过程。"1945—1949东北文学"是这段转型期历史文化的记录。当然，作为其主要构成的"东北解放区文学"是为中国共产党解放东北和建设东北的政治任务服务的文学，其主要功能和目的是紧密贴近、配合解放区主流政治运动。被政治逻辑与既定意识精准校正后的文本叙事与历史现场之间必然存在巨大鸿沟。可任何被刻意营造和悉心建构的文学都同样会在不经意间和边缘处留下有别于正统大历史的弦外之音。

首先，是东北殖民文化的清理和改造问题。东北是当时除台湾外受日本军国主义殖民时间最久的区域，且长期远离战争前线，日伪殖民文化影响大，殖民地意识在抗日战争胜利后仍顽固存留。"1945—1949东北文学"中反复出现的"伪满脑瓜"就是这类观念的贴切命名。因而，"民族意识"的重塑在一段时间内一直是东北解放区"灵魂革命"的题中之意。当时的文化批判不仅针对殖民地意识，而且也批判以"协和语"为代表的殖民色彩的文学语言。"民族意识"的重塑与"阶级意识"养成自有相得益彰之处，但他们毕竟属于文化改造的不同层面，客观上存在此消彼长的竞争关系。对于"东北解放区"文艺工作者而言，"阶级意识"启蒙的紧迫性远大于"民族意识"的重塑。因而，"东北解放区"文学场建构初期，出现了迫切地把"民族意识"重塑的主题拉向"阶级意识"启蒙主题的迹象，《夏红秋》的创作与争鸣就较具代表性。该作不仅在叙事层面通过一个女孩儿思想的扬弃与成长的双主题容纳和调和了"民族意识"与"阶级意识"两个主题，而且在之后的争鸣中，伪满女孩脱胎换骨过程也多被理解和阐释为小资产阶级女性的自我更新过程。"殖民意识"被"民族意识"重新校正，并被自觉纳入"阶级甄别"的政治意识形态批评序列中，显示出抗日战争胜利之后东北思想渗透与改造的层次和逻辑。

其次，是政治价值观的宣传与政治认同问题。东北在沦陷前长期处于张作霖军阀势力实际统治之下。虽然社会主义观念和文艺思想因毗邻苏联而较早地传入东北，但这一区域始终是中共政党活动的薄弱区。东北抗联难以为继自然由于恶劣地理环境的隔绝和日伪势力的强大残酷，同时也与缺少必要的群众基础有关。与其他区域相比，东北没有经历关内北伐战争与国共合作等政治大事件的洗礼，民众传统意识重，正统观念强，对中国共产党及其历史贡献知之不多。陈学昭的《邻居》就写了东北原住民与抗日战争胜利后的移民对八路军认识的天壤之别。曾在延安引起巨大情感共鸣的《白毛女》在东北上演初期反应平平，受欢迎程度明显不如洋剧，甚至台下时有哄笑发生。这些都透露出当时"政治启蒙"与"土地改革"面临的阻力与挑战。因而"东北解放区"文学的研究必然涉及 1945—1949 年间东北革命的动员、号召、酝酿，及东北民众对解放区政治文化由隔膜不解变为自然普遍的生活观过程中的诸多历史细节。

最后，对工业文化的理解与整合问题。东北的工业在"日俄战争"后依托资源开发与现代交通网络开始崛起。据统计，1943 年，东北钢材产量占全国的 93%，发电能力占全国的 78%，水泥产量占全国的 66%。这种得益于军国主义战争机器的高速运转与殖民掠夺取得的经济数据并非东北历史值得骄傲之处，但客观上却造就了东北在抗日战争胜利后较为雄厚的工业基础。东北的工业生产除在经济上为解放战争提供持续援助外，也关涉为长期践行"农村包围城市"的中国共产党的文化艺术实践提供新颖内容和崭新经验的问题。以往的研究已注意到东北解放区文学中的工业景观，以及只有农村工作经验的领导干部管理工业过程中出现的能力不足与思维转换现象。但其中还有更为深层次的问题，就是延安文艺推崇的"工农兵"文学写作中较具规模的涉"工"文学主题的开发与实验，以及革命实践由传统农业领域向现代工业领域转变和过渡的问题。其中也混含着对革命政权的经济基础、上层建筑及其意识形态组成，特别是对"农民"与"工人"历史先锋作用合法性与主次关系的辨析定位，以及"社会主义工业现代性"叙事的发生和起源问题。

第五，在左翼文艺运动史链条中的位置与作用问题

中国左翼文艺思潮在兴起发展过程中始终存在不同声音，其思想构成也处于不断分化重组中。从"太阳社"与"创造社"的摩擦，到"两个口号"论争，到"延安文艺整风"，再到胡风"主观战斗精神"引发的不满直至新中国成立后"胡风案"发，其脉络不可谓不清晰。在这个进程中，左翼文艺内部思想分歧的解决方式也由"讨论争鸣"渐变为"批判否定"，解决目标也由"和谐共存"渐变为"统一思想"，这与中国共产党在现代政党格局中的影响力和自信心，

以及思想清理与文化改造的系统能力互为因果。

时至今日，追溯新中国成立后系列文化批判事件，大多溯源到"延安文艺座谈会"和《讲话》。作为社会思想和历史逻辑的起点来讲，这自然没有问题，但"延安整风"与新中国成立后此起彼伏的文化批判运动有很大不同。"延安整风"可谓创举并长期被当作治党治国的样板，可其中的文化批判则是政治路线反思清理捎带的，文艺意识形态理论不完整也未定型，文艺批判也不像后来那样单纯和具体。另外，"延安文艺整风"在规模、组织化、严重性上也明显逊色于新中国成立后历次文学文化批判运动。应该说，在"延安文艺批判"到"新中国文艺批判"的演进链条上，缺少更具因果联系的线索。而东北解放区文艺批判是中国共产党由"革命党"向"执政党"转化和文艺组织化进程的重要节点。它有完整系统的理论、明确的政治纲领，组织实施落实的各级文艺团体。

"东北解放区"诸多文化文学批判事件，特别是对"萧军及其《文化报》"的批判越来越指向历史的巨大洪流。它的特殊性不是延安文艺的延长线和新中国文艺的前兆的问题，而是左翼文艺思潮在高度权威化的政治美学原则与文艺准则由区域到整体、由理论到实践、由部分到全部的过程中，新生了什么，舍掉了什么，剩下了什么。萧军及《文化报》与东北解放区文艺主流间的冲突，常被置于"五四传统"与"解放区文化",或解放区"主流文化"与"民间文化",再或是"鲁迅传统"和"非鲁迅传统"中加以解释,凡此种种自有流脉和合理性,但也模糊了左翼文化和非左翼文化的边界,或者说把本应在左翼文化内部探讨的问题变成外部探讨了,最起码在大的文化传统上是这样的。延安文艺思想或是《讲话》思想体系一诞生就受到了左翼文艺阵营内部一些知识分子的不解,高举"主观战斗精神"大旗的胡风文艺团体就是典型代表。在左翼文化文学演进中,存在着延安文艺观念逐步清除异己、不断简化思想构成而获得历史主体性和政治主导性的显在线索。东北文艺论争与批判是这个线索上的关键一环,缺少了它,对其发展的复杂性和逻辑承接的次序等问题的探讨将无法系统展开。

东北解放区文艺是《讲话》出台后第一次大规模历史文化实践,这不仅体现在对《讲话》的服膺和演绎上,也体现在其强大的排他性、专断性、改造力上。东北区域整体性明显,思想改造目标明确,手段系统,文艺活动组织化程度高、协调性强。就像任何一种适应的作物都能在东北肥沃黑土上茁壮成长一样,1945—1949年的东北也成为延安文艺思想的一块绝佳试验田。"东北解放区"在20世纪40年代并非产生文学经典的区域,也常被"延安文艺"的光芒所笼罩,或被纳入"解放区文艺"整体版图中混而析之,但其在左翼文艺演进中却有独特贡献。这种贡献不是经典的扩容,不是素质的增加，也不是新的美学的创生，而是具有样板意义的思想改造程式与文学创作模式的开启。虽然与"延安文艺"一脉相承，但与"西北解放区文艺"的喜闻乐见和民间性相比，"东北解放区文学"更具"党的文学"的正统感与严谨性，并在后来当代文学史中被标准命名的"农业题材"与"工业建设题材"上均有不俗表现。可以说，到"文革"结束前，这两种题材的文艺创作基本上没超出周立波的《暴风骤雨》与草明"工业文学"的创作模式与想象方式。

重回个人经验：
新世纪东北文学的散点透视

地域文化的坚守者孙惠芬

在历史上，东北社会文化的发展表现出明显的间歇性和不连贯性，受之影响，这一区域的文化积累少，底蕴薄，文学创作水平层次始终不高。现代以前的东北文学创作不仅在数量上无法与关内创作等量齐观，在品质影响上也无法与其他地域文学相提并论。但"五四"之后，这种状况有了很大改观。从"东北流亡作家群"到"伪满文学"，从周立波、草明等的"社会主义工业文学"到 20 世纪 80 年代"北大荒知青文学"，东北文学在中国现当代文学史上留下了深深的印记。20 世纪 90 年代以来的东北文学更呈现出诸多生长的痕迹，涌现了一大批有影响的中青年作家，孙惠芬是其中醒目的一个。多年来，她以"歇马山庄"的历史现实生活建构为中心，创生出庞大的人物群落和立体的情节结构。歇马山庄系列小说中的人物相互交错，情节彼此平行，内容层层递进，随着作者的笔耕不辍，这个山庄的容量和版图在不断扩充。有些时候，我们回避作品名称直接谈论某个人物和情节不会引发任何歧义与困惑，因为它们几乎是所有文本所共享的。对于孙惠芬小说的主题无疑有多种归纳的可能性，而地域文化书写则是其中较易识别的一个。

孙惠芬小说聚焦东北的历史。辽南离中原最近，所以在东北地区，它最早进入农耕社会，受中原王朝统治时间最长，受汉文化影响最大，也一直是东北最为富庶的地区。清末民初，依托于关东铁路的修筑，辽南又成为中国较早开始工业化的区域，旅顺、沈阳、锦州等城市不断发展，文化的国际交流日益增多。孙惠芬长篇小说《秉德女人》的主人公王乃容生活史的起点就在那时。少女时代的王乃容的生活是悠闲而宁静的，可从阴差阳错地被土匪申秉德绑架的那一刻开始，她就被抛入了未知的时间里，与之相关的生活亦被卷入不可逆转的历史洪流中。王乃容及其家庭的经历不仅属于她个人和申氏家族，更是百年辽南农民沧桑史的一个缩影。无数人曾在王乃容经历见证的历史长河中奔波跋涉，这里有不远千里来到文明古国游历的欧洲人；有凶悍狡诈而又重义轻利的乡间悍匪；有在历史风潮中不断变换旗帜的乡绅枭雄；有走出乡下走向十字街头的爱国青年；有持重好色却终被历史抛弃的地主老财；有铤而走险油滑机敏的民间商人；有热衷艺术却在政治运动中莫名蒙难的知识分子。通过他们，我们看到了变乱不居的大历史裹挟下左冲右撞和上下沉浮的辽南农民的命运。王乃容的生活不尽人意，命运也无法自主，但从她由被悍匪绑架的孤独女人到成为儿孙满堂的家族长者的过程中，从她千辛万苦却始终自信而不失大家闺秀风范的流风余韵中，我们可以透视到辽南乡民在血火洗礼的历史磨砺中的坚忍不拔和生生不息。

孙惠芬小说自觉地书写着东北的民俗。风俗书写一直被视为塑造作品地域风格的主要力量。关东的饮食文化、禁忌文化、祭祀文化、萨满文化等民俗事象在孙惠芬作品中俯拾即是。当代文学中的民俗叙事常作为主题的副产品和叙事的残余物而存在，可孙惠芬小说中的风俗描写却非情节中的悬浮之物，而是有所依傍，有所指向的。婚丧嫁娶不仅展示婚嫁礼俗的完整形态，而且是亲戚乡邻聚散离合的舞台；寿宴请吃不仅呈现地方饮食的风尚，而且昭示着家族的气象和人际的离合。风俗是作为铸造典型辽南乡村生活的容器而蛰居在日常生活之中的，它们丰富完整，却不繁文缛节，也不森严苛刻，在基本程式下有相当自主空间和选择余地。这是东北兼收并蓄、多元并存的文化形态的应然逻辑，也是新的时代环境下，风俗生活的规则性弱化和世俗性强化的表现。

孙惠芬小说中的人物都有一定的个人气质和精神深度，但受中国传统的实用主义和市场经济氛围的影响，他们的文化人格和行为方式常常是功利性的，虽然如此，但作者所欣赏的人物身上却往往都会在凡俗中升腾出一种不寻常的恢宏人格。这种恢宏人格付诸事业则表现为"敢闯敢为"的创业精神。其小说塑造了一批社会底层出身的人物形象，这些人物大都以乞丐、流浪者、修鞋匠作为职业起点，但却通过不懈奋斗而获得了成功，他们被视为东北大地上新豪杰的不朽传奇，被代代传颂。当这种恢宏人格付诸情感就化为"敢爱敢恨"的心灵品质。孙惠芬笔下最为活跃的角色大多是那种纯粹以感情为诉求、追求真爱、敢于挑战世俗的女性，虽然她们的选择不被环境所认可，甚至不被爱的对象所理解，但她们始终义无反顾、至死不渝。月月之于买子的爱情、吉宽之于许妹娜的爱情、梅花之于老姨父的爱情皆属此类。应该说，这种恢宏人格和歇马山庄乡民在生活中普遍流露出的重情感经验、豪爽痛快、少文饰虚假、脾气暴躁、粗疏不细的性格，与闯关东历史文化孕育出的开拓精神和粗犷人性是根脉相通的。

孙惠芬小说呈现的是带有泥土气息的生活。在历史上，东北长期远离文化中心，思想文化的接受与革新都相对滞后。改革开放以来，东北同样处于时代变革的神经末梢，受老工业基地计划经济思维和生活方式的羁绊，文化更新仍相对缓慢。这造成了东北人价值观念上的某种恒量和生活模式上的某种因袭。在歇马山庄，家族式的生活一直是乡民生存的常态。历史上的关东移民多为小户型和单身男性，所以东北历来就很难看到中原和南方地区的大家族生活，但家族式的生存方式却是人们所秉持和信赖的。家族不仅意味着血缘的联系和情感的维系，更是人们赖以谋生的生存之道。以村干部与乡镇企业家为中心形成的家族利益共同体及其相应生活方式成为孙惠芬小说的主体景观。在歇马山庄，乡村权力犹如一双无形的大手掌控着所有人的生活与命脉。孙惠芬习惯在相互依存又彼此对抗的干群关系中建立人物之间的联系。乡民对刘大头这样长期统治歇马山庄的大队书记既畏惧又厌恶，但也只能隐忍、屈从，这种被反复认知和强化了的环境秩序构成了思想观念相对落后的东北农村生活的真相。在歇马山庄，"两性关系"表现得有些放任自流。两性关系是孙惠芬小说的原始材料和叙事动机。很多时候，她笔下的两性关系似乎有些随意和无所顾忌，对之的评价也宽容朴素或莫衷一是。两性关系特别是那种有违道德的两性关系，给人物带来的烦恼并非传统意义上的道德与情感的冲突，而多源自爱情选择的进退维谷，除去商业化写作意图不论，此中也有地域文化基因。清朝以来的东北移民多是来自山东和河北社会底层的流民，他们道德意识较为薄弱，关外精神管制和道德惩罚也不如关内森严苛刻，这就培育出东北人相对自由的身心及其两性关系。

孙惠芬小说在价值观念上与地域文化取向形成同构。如上所述，改革开放以来东北地区的文化观念变化更新较慢，历史上日积月累形成的伦理意识和审美习惯在这片土地上持久而有效。"进城打工"和"被城市化"是改革开放后中国农民普遍的选择和处境，也是"歇马山庄"乡民的主要出路。这种新的乡村主体意识决定着每个家庭的生活状态和视野格局。孙惠芬笔下的很多人都是城市的游历者和进城的寻梦者，虽然这些人永远摇摆在城乡之间，但孙惠芬小说却是实写乡村，虚写城市。城市要么陌生遥远地存在于乡民的谈论中，要么仅限于打工者触目可及的，诸如建筑工地、市井餐馆、昏暗录像厅、廉价舞厅等有限角落里，既不完整，也未被充分形象化。孙惠芬小说的城乡意识形态不仅表现在城乡书写的分配不均上，还体现在色彩分明的价值判断上。歇马山庄只有非常孤独和不合时宜的小青对乡村格调和农村生活时刻保持着警惕和距离，城市在大多乡民看来是问题丛生和污浊不堪的。进城是谋生的出路，回乡是永恒的归宿。这其中自然有作为城市底层的民工群体对城市的特殊理解，也符合中国文学素有的自然伦理观的表达泛型，但同时也有乡村人对城市及其文化的那种不期而然的心理印记。如果以城市现实为参照，孙惠芬小说的城市印象显然是片面和消极的。在某种意义上，这是乡村文化在城乡文化转型过程中面对自身价值的不断贬值而产生的焦虑，是习惯于乡村生活的乡民对城市文化的审美不适，这与南方沿海地区的"城市化"文学叙事的价值取向形成了有意味的对照，是东北地区长期以来因生存压力小而形成的安于现状的心理模式和向后看的思维定式的流露。

草原文化的守望者鲍尔吉·原野

鲍尔吉·原野这位从草原走来的写作者，三十多年来一直笔耕不辍，他见证了新时期中国文学之路，也亲历了散文创作的波峰浪谷，但他始终坚守着脚下的足迹，以淡而隽永的笔致抒发草原的心音。这是他选择的在文坛的存在方式，也是他的价值和意义之所在。

一、毅然坚守的独行者

20 世纪 80 年代末到 90 年代初兴起的"散文热"对许多人来讲应该还历历在目，记忆犹新，曾几何时，学者散文、文化散文、抒情散文、游记散文、小女人散文、游记散文蔚为大观，不一而足。在内容上，它们涉猎甚广、包罗万象，囊括了古今中外的思想精华与知识精粹；在形式上，它们技巧繁复，容纳了其他文体的艺术处理方式，几近将散文的功能发挥到了极致，当然也很快耗尽了文体的能量与创作的热情。这一时期的散文，内容上切近日常生活，篇幅上短小精悍，语言上明白晓畅，既拥有直达人心的感染力，又有获得最广泛阅读的可能性，既包含了80年代文学思想化和精神化的诉求，又呼应了90年代文学市场化的经济原则，在新时期文化生态过渡阶段，它们的繁荣是有某种必然性的。但曾经一度在具轰动效应的小说、诗歌等文体面前默默无闻的散文，竟带来了规模如此庞大和声势如此浩大的创作热潮，还是令没有充分预期的文坛有些猝不及防，茫然无措。潮流退却之后，研究者开始以平静心态和公允目光审视"散文热"在文学史上留下的印痕，在总结其成绩和归纳其贡献之余，也对文体过度用力、艺术生命力孱弱、缺少中流砥柱等问题进行了反思，而对于仍然坚守在散文领域的创作者而言，道路的选择和位置的寻求成为首当其冲要思考的问题。

林贤治曾这样总结萧红的散文境界："忠实于个人的生活经验、生命体验，通过自由联想连缀起来，而无须依赖虚构的想象。她和那些沾沾自喜于编造故事的写手不同，为了赢得写作的自由，她必须摆脱情节一类沉重的外壳，抛弃那些过于显眼的手段，所有羁绊梦想的技艺性的东西。她让写作回归本原，让心灵和生活面对呼吸、对话、吟唱。"① 这是一位评论家对前辈作家文字风格的透彻总结，也是作为散

----

① 林贤治：《萧红和她的弱势文学》，《新文学史料》，2008年5月。

文作家的林贤治自己对散文真谛和本质的理解与把握。确实如此，散文作为自由本色的文体，需要有相应的自然精神与轻松心态与之相匹配。理想化的散文创作，不以把握和描摹客观世界的准确为追求，不以博大众眼球为目的，不以建构晦涩朦胧为能事，努力避免与其他文体机制的混淆，远离呆滞与矫情，追求以诚相见的真挚和兴之所至的自在。在观念上，应该摆脱公众经验与集体意识，面向内心，忠于自我；在手法上，应该回避想象与虚构，不守形式的藩篱，不筑情节的牢笼。一个散文写作者能从所置身的文学潮流中将自己区别出来，另辟一径，并大胆前向，虽看似不合时宜，但大多是选对了方向的。散文是寂寞的文体，散文家也是独立于边缘的孤行者。

从古至今，几乎所有的散文所关注和谈论的都不外乎天地、自然、历史、文化、人情、琐事，但文格之优劣，境界之高下，大都不在于表现对象的特别与显赫，也不在于借用形式的新鲜与陌生，其最激动人心的、最持久的感染力与影响力，取决于创作主体主观投入的程度与介入的方式，只有那些挣脱社会观念与主流意识的裹挟，摆脱思想的造作与知识卖弄，用来自心灵的脉搏和发自肺腑的思想去感受和评价外在对象的创作，方可能成为佳作。谁都无法否认，巴金的《随想录》是新时期以来最富影响力的散文创作，其价值当然来自于历史反思的深刻与特殊历史结构中的存在位置，但更重要的是老作家所表露的不隐瞒、不掩饰、不化妆把心掏出来的巨大的忏悔精神与人文知识分子的良知，后者才是其活在长远的时间中并获取经典地位的根底所在。散文是由心灵与语言共同铸就的文体，是"心灵和语言的探险"①的语体，既然是探险，就要充满变数、打探未知，就要自由前行、发现崭新、感受新奇。追求丰富性、生动性、诗意性，避免重复性与自动化，是散文作为探险语体的题中应有之义。散文写作要在观念上摆脱经验成规的羁绊，挣脱意识惯性的牵扯，在主流观念面前保持相当的自主性。它无须像小说那样讲究曲折的情节和周致的构思，也不必像诗歌那样强调字词与句音的协调，只是追随心灵的指引，用语言发现世界的真善美、假恶丑，以及平凡世界的不同面向。

我们以上述精神向度和审美原则来关照鲍尔吉的创作，就不难发现其可贵之处。鲍尔吉在20世纪80年代初就已创作散文，应该说是见证了新时期散文发展之路的一位作家。鲍尔吉的创作从一开始就表现出不趋潮流和不苟时尚的自足心态，他的散文不像余秋雨、李国文那样追求华彩高扬的境界；不像王英琦、刘长春那样注重知识的容量；不像黄昱宁、小白那样寻求雅致情调，而是始终对魂牵梦萦的故乡——苍凉辽阔的内蒙古大草原给予持久而热情的关注。鲍

---

① 孙绍振：《建构当代散文理论体系的观念和方法问题——在大连"散文理论创新研讨会"上的发言》，《当代作家评论》，2010年3月。

尔吉用他敞开的心扉、敏锐的双眼、勤奋的双脚、聪慧的头脑书写着淳朴本真和自然原始世界中的一草一木、一山一河、一牛一羊。他的创作笔致清新，处处透出舒缓的调子和柔和的心态，同时不乏刚健之气。其笔下草原的场景风物永远给人以活跃独特的感受，它所连构的艺术世界犹如一株在崇山峻岭中傲然开放的纯白小花挺立于你面前，超然而宁静，坚决而虔诚，令人无比欣喜，莫名感动。居于闹市，难免喧嚣，正是有了这个难觅的栖身之地，才少了浮华、多了安宁；少了嘈杂、多了沉思；少了欲望、多了笃行；少了束缚、多了阔达。鲍尔吉以真挚的体验、浓厚的情感、朴实的语言、平静的内心，描摹着草原场景风致与文化情趣，传递着故乡记忆与边地经验，传达着对草原的"美"与"真"的认知与理解，将草原文化赋予的博爱、信仰、自由、和谐等精神传递给每位读者。如果我们将鲍尔吉的创作置于新时期散文发展的主轴来审视的话，不难看出，他的写作并不与文学主潮与社会机制相一致，也不与公众经验和群体意识相重叠，而始终与人的精神生活与心灵世界的主脉相对应。他的创作一直带着他所认定的那种稳固而明确的价值目标与精神立场，正是这种文坛难觅久矣的品质，当散文大潮荣光散尽、灯影消沉之后，这位未曾走在强劲潮流潮头的写作者成为一个无法漠然视之的精神存在，受到了越来越多的关注，逐渐走到了聚光灯下。

二、景致风物中的文化精魂

世代草原人的血统与难忘的生活经验，使鲍尔吉成为一个真正与自然地域相融相通的写作者，每一次怀旧寻梦，他都会不断地发现草原、草原人与草原文化新的讯息与奥秘，一头牛，一匹马，一根草，一朵花，一条路，一口井，一双鞋，一件衣，一台电视种种凡俗风物，尽有风采和故事。草原风物所有的品格、光辉、傲然，以及美与善的素质，都点滴地化入草原人的精神与人格中。在草原的生命和生活中，人与自然环境是共生相融的。"在草原俯仰天地，很容易理解生活在这里的人为什么信神，为什么敬畏天地。人在此处是渺小的。……站在草原，会感到这里的主人绝不是人，而是众生。……即使高龄的老人也很卑微。在他漫长的一生中，骨子里浸透了天的辽远和地的壮阔。""草原的景物，熔铸了蒙古人浑和自然的个性，蒙古人也给草原的天廓地幅贯注了懒散厚重的心思。"（《行走的风景》①）"在草的生命辞典里，没有自杀、颓唐、孤独、清高这些词语，它们尽最大的努力活着，日日夜夜。长长的绿袖子密密麻麻地写着：生长。"

---

① 本论文所引用鲍尔吉·原野的散文，出自《原野上的原野》，鲍尔吉·原野著，武汉出版社，2012年版；《草木山河》，鲍尔吉·原野著，浙江文艺出版社，2012年版；《草言草语》，鲍尔吉·原野著，江苏文艺出版社，2013年版，不再逐一标明出处。

（《草》）草原民族祖祖辈辈隐忍笃行、敬天敬地，他们对自然的强大信仰与膜拜赋予了他们谦卑的品格与敏感的心性，这使得他们能够发现和体味自然的力与美，"如果世上有一双抚爱的巨手，那必是草原上透明的风。风是草原上自由的子孙，它追随着马群、草场、炊烟和歌唱的女人。"（《风》）"草就是海水，极单纯，在连绵不断中显示壮阔。"（《静默草原》）夕阳中的白杨树"不再是那个朴素的、穿着补丁衣服的牧羊人，而变成深情脉脉的少妇，丰盛的枝叶如眼波烁烁，树身如滚烫的面庞，暗蓄着力量。"（《蜜色黄昏》）

自然是草原人生于斯长于斯的家园，是他们的居所与灵魂的伴侣，是他们膜拜的灵物和珍爱的对象。"草原的人不砍树，除非盖房子……东部蒙古人在砍树前先忏悔自己准备要犯的罪，祈求宽宥。因此，草原的树们和羊们和马们一样自由欢畅。"（《没被见到的花朵》）草原人照顾土地，在草场支蒙古包，搬走的时候地上系绳子用的楔子拔出来以后，要垫土踩实，不然草场不长草。"这就是蒙古人的价值观，珍惜万物，尊重人。"（《青海的云》）"牧民们不挖草原的土栽花。"草原上的土是草原的皮肤，是"一片不能触碰的血肉"（《土离我们还有多远》）。当作者带着孩子妻子离开家乡，送行的队伍让人惊叹，"愚昧的蒙古人和西方的绅士一样，穿最好的衣服为客人送行，决不敷衍。"（《送行的队伍》）与自然同处一界，自然浸染了万物的灵性，草原人自由而奔放、寂寞而孤傲、善良而真诚。"老家的人一辈子都在云的底下生活。早上玫瑰色的云，晚上橙金色的云，雨前蓝靛色带腥味的云。他们的一生在云的目光下度过，由小到大，由大到老，最后像云彩一样消失。"(《一辈子生活在白云底下》)看似诗意无比的云底下的生活也有着不为人知的寂寞与苦涩："放牛比放马更艰辛。牛倌常年无人说话，在烈日和暴雨中奔走，像化石的人。跟牧牛人说话，他惜话如金。"牛倌"像草原上的树、石头和河流一样，安于沉默，像听古典音乐应保持的沉默一样"(《牛比草原更远》)。鲍尔吉笔下，那个居于沙漠深处向往以后成为火车司机的五岁孩子阿拉木斯，那个为亲眼见儿子完婚要努力到生命的终点的蒙古族父母，那个不辞辛苦套车来看沈阳人的七十岁老汉，以及那个拥有着音乐梦的放鹅少年，都有着自己为之生活的理想和目标，它们热烈而真切，简单而朴素。鲍尔吉在描写堂姐与姐夫之间忠贞热切的感情时，这样写道："阿拉她在述说的时候，不时看满特嘎一眼，目光里仍有少女般的情意。她一定感到，她嫁给这棵树，是十分幸福的。而原来挤在满特嘎脸上的话语也消失了，他享受着没有思想的快乐。像一只老牛，卧在晚风的草地上，望着远处的牛群一动不动。"(《满特嘎》)这个温润感怀的瞬间，充满甜软的爱意和心灵的悸动，不掺任何杂质与伪饰。可以说，这一刻对鲍尔吉的创作而言是具有原型和概括意义的，他的创作没有主流观念的大肆渲染，没有对历史文化的幽古之思，没有刻意安排的人生说教，只有自然清新、一尘不染的诉说与描绘。

鲍尔吉笔下的草原风物不是简单的自然之物与单纯的物理存在，它们记载着边地的精神，承载着草原的文化，塑造草原人的品质。写缓缓流淌的水，是因为他体悟到了"天下没有比水更能包容的物体。水无差别，无分别，水尽最大力量维持着平衡"（《水滴没有残缺》）；写迎风飞舞的蒲公英，是因为蒲公英那弱小的种子承载了最大的梦想；写河流，因为"河比天空和大地更有人间的气味"（《河流的腰》）；写白茫茫的露水，是因为曾祖母努恩吉雅告诉他"露水与月亮给太阳写的信，夜晚挂草上，太阳早晨收走"（《露水的信》）。鲍尔吉笔下的草原是富于精神品格与活跃的精神素质的，草原人博爱谦卑，有着悲悯的情怀，以及豪迈、热情、忘我的品格。在与草原人品质同构性的存在中，与草原人的心息共通中，草原显示出了它所有的高贵与深邃。

鲍尔吉是一位理性而真诚的书写者，草原是他的沉醉之所与理想之乡，但草原文化与生活并非都令人心向往之，它也有黯淡风景和粗粝之处。在《巴甘的蝴蝶》中，当你为巴甘思念去世的母亲而动容时，你难免为孤儿巴甘内心成熟与倔强成长的不确定性而忧心忡忡；在《肖邦》中，当我们为一个给肉食加工厂老板放鹅的少年的音乐梦无法实现充满惋惜时，我们不得不反思当下草原地区观念落后和教育少序问题；草原人真实的生活有时候会与大自然的亮丽风景形成一种悖论和反讽性的存在，大伯的孩子格日勒的家里"除了几床被子和地上的黄狗带点鲜艳的色彩外，其余一律是土色"，倘若只是物质上的贫穷还能忍受，兄弟姐妹们的排挤才更令人痛心，"灯笼开始在窗下骂狗，声音冷冷的。我的另一些姐妹仿佛想用目光敲折格日勒的腿，省得她一趟一趟回家换衣服。""格日勒从小就没妈。我爸曾经说：'等你大伯死了，更没人拿格日勒当玩意儿了。'大伯今年春天已与家人永诀。……格日勒站在孤零零的泥屋前面，扭着手指，她那天真的笑容该向谁展露呢？"（《斯琴的狗和格日勒的狗打架》）褪去瑰丽与多彩，生活的底色有时难免是残缺的，这是草原人的处境，也是人存在的真实，最令草原人触目惊心的还是无休止的资源开发给草原生态带来的破坏。"今天的速亥，不要以为它默默无闻，它名声大得很，早就传到了北京和天津等地，……现在成了京津风沙最主要的源头。……可谁还记得当年它堪比肯尼亚野生动物园的情景？谁还相信此前这里竟然是一块湿地呢？"（《胡杨之地》）草原在鲍尔吉笔下是美丽而忧愁的，作家是在用心用情书写他触摸到的真实，那里水阔云清、花繁叶茂，但也贫瘠落后，令人心伤。鲍尔吉赠予你一双发现真善美的眼睛，却不会使你盲目迷信而忘记现实的沉忧隐痛而把内蒙古大草原圣化、纯化。

三、寄植情思的诗性娓语

鲍尔吉的散文使人倾心的不仅是令人神迷心醉的草原文化，也来自于自然流畅、充裕自如的语言风格。《原野上的原野》《草木山河》《草言草语》等作品处处流露出日常、随意、亲切的语言氛围和语体风格，这一定程度上可视为对中国现代鲁迅、周作人、林语堂、丰子恺、汪曾祺等作家创造的散文闲话风的继承和致敬。鲁迅在《门外文谈》中曾这样谈及"闲话"，其"本质特征无疑是'有真意，去粉饰，少做作，勿卖弄'"①。闲话致力于创造"自然，亲切，和谐，宽松"的气氛，"每个人既是'说话者'，又是'听话者'，彼此绝对处于'平等'的地位。"鲍尔吉的闲话语体不是有心营造，也非对前人的有意模仿，而是摆脱了知识的负累、霸权的傲慢、中心的诱惑之后，在身心投入中洞察了万物生存之理，感同身受中体味到了万物存于世的快乐，自由意识与潇洒本性付诸笔端成就了自由洒脱的悠然和明心见性的感悟。"树叶让树丰满，如同大鸟。树在树林里度过了一生最幸福的时光。"（《树的尽头》）"樱桃花一生最想见的就是樱桃。……樱桃花每天在枝头上想念樱桃，这么稠密的想象被蜜蜂偷走变成了蜜。"（《樱桃花在枝头想念樱桃》）"树叶

---

① 王尧：《文字的灵魂》，山东友谊出版社，2007年，105页。

是树的孩子，根须是父母。父母在泥土里当地基、当抽水机、当风的对手。根须其实不懂树叶的快乐，也不知果实的滋味，只习惯于劳动。"(《两辈子一起活》)"柳树一辈子低头在看什么？原来是看自己的儿女。柳树的儿女多到数不过来，树要牵挂每一根，只好低头看。"(《柳树的母性》)鲍尔吉赋予了自然万物以生命与情感，并把自己对生活的感受与信念投射其中。自然是一种本源性的存在，万物之间脉息相通、相互依赖、互相牵挂、彼此哺育。他在对创造万物和生养万物的自然附以温情与爱恨的同时，也完成了对自然的人性化、人间化的升华与抽象。

王尧在《文化大散文的发展、困境与终结》中曾有一段对部分散文写作者的批评——"写作者的个人情怀、胸襟、人格在文本中越来越贫乏和格式化，而忘记了所有的文化关怀都与关怀者的精神状态与生命的原创力联系在一起的"[1]，显然，这种批评对鲍尔吉是不适用的，他恰是一位能将自我情怀与个人化人格倾泻到书写对象上的写者，闲话独语正是其充沛的情感与原创力量得以彰显的独特而理想的抒情方式。草原不是鲍尔吉写给大众读者茶语饭后的消遣品，也非献给生活在钢筋水泥世界中都市人的一剂凉茶，而是他敬仰自然万物的心迹和对怅寥无际天地的自我剖白。他笔下的自然之物各具神采，蕴含着需要人细细体察的诗性与秘密。雨

---

[1] 王尧：《文字的灵魂》，山东友谊出版社，2007年，113页。

滴看似平常，却滴滴都回响着不同的心音，"雨滴是天空最小的信使，它的信是昼夜不息的滴水之音。在人听到雨滴的单调时，其实每一声都不一样。"（《雨滴的闹钟》）树木穿越时间之河，见证季节交替，吸纳着自然的声响与灵气，它"收藏了自然界无数的声音"，用树木做成的琴，在"琴声里听到了树的歌唱、树的沉思甚至树的阅历。人没法跟树比，人活不过一棵树"（《树木是音乐家》）。斑驳多彩的光与影是自然给人的恩泽，也是值得典藏的瞬间。"油菜花盛开的地上没有向日葵，它融化了所有的黄……蓝天在油菜花的映衬下十分平静，让白云走路发不出一丝声音。"（《色彩的旋转和燃烧》）草原的动物是人生命的伴侣与生活的帮手，它们与生俱来的精神气质以及与人相处的不同角色，决定了他们与人间世界的亲疏远近。"从眼神看，马离人间的事情很远，离故事也远。而猫狗的惊慌哀怨、忠诚依赖证明它们就在人间。"（《月光下的白马》）当草原人在千百年来的生活经验意识中总结出"环境没办法挑选"的这一事实之后，"活着"成为他们生存意识中最具支配性的意识形态，"活着"不是面对司空见惯又不敢正视的环境和生活的消极态度与无奈选择，而是，"覆盖所有道理的大道理，是前提，是后果，是话语权，是青山和柴火，是太阳照常升起，是晚上脱在床下的鞋第二天还能穿上，是朝夕相处，是一张无论多老都健康的脸"（《铁轨中间的草》）。可以说，在鲍尔吉笔下，"自然"

不仅是实存的自然，也是他的创作姿态及看待万物的方式，并已经内化成一种真实、诚恳、率性的典型风格和作家所信赖和倡导的生命态度和生活方式。

鲍尔吉善于用朴素、舒缓的语言传递生活的真谛，这与他理解的生活的本质是相互映衬、互为表里的，在他看来，"生活中的真正诗意是浸润在朴素的生活中的"①。他从不选择冷僻的切入方式、复杂的句式结构、刻意花哨的词句，他作品的结构与语言都如大地般沉稳坚实，让读者踏实安心，但朴素的背后却常蕴含深远的意境与洞透的哲理。鲍尔吉说，"我羡慕那些吃饭很慢，一直吃尽碗里最后一颗饭粒的人，最后那颗饭粒可能正是农民弯腰从地里捡起来的那颗谷粒。见到这样的人，我岂止是羡慕，简直会景仰他。""好东西生长出来而非生产出来……慢慢地享受生长出来的东西，是生命与生命的相遇。每一颗粮食都有自己的滋味，越咀嚼越有味，身上充实。"（《粮食的神性》）因对粮食的珍惜而对劳动者身上的闪光品质心存敬畏并感受到精神的洗礼，是一种真实而寻常的情感，但能在米粒中感受到阳光雨露和它整个生长过程，又能将之视为生命的缘分与际遇，却不失为神迹般的发现。残秋落秋在中国的审美语境里往往意味着苍凉枯寂、衰败寂寥、悲凉压抑，但鲍尔吉却给予残秋与落叶以欢快团圆的新意："人看秋叶飘落，心境生凉。错了，人心哪

①　迟子建：《疯人院的小磨盘》，新世界出版社，2002年，412页。

懂天意。落叶高兴，在地上与众多兄弟姐妹相逢，千千万万的叶子抱着、携着，牵拉彼此的手腕臂膀团团起舞。"(《秋叶漫游世界》)。鲍尔吉在这里不但完成了对传统审美情感的超越，也发现了生活的真趣，并赋予了文字以乐观明朗和自娱豁达的基调。

鲍尔吉的创作一直伴随着中国新时期散文创作的潮涨潮落，但他始终不为潮流所动，不为时尚所扰，不为边缘所困，坚定如一地将自己所有的热情与精力投入到对祖先、自然、文化的书写中去，这就是鲍尔吉的选择，在我看来，也是他最为难能可贵的坚守。

心灵牧歌的书写者任林举

作为中国作家协会会员、第五届鲁迅文学院高级评论家班学员的任林举，是吉林省中青年作家的代表。登上文坛以来，他出版了《玉米大地》《上帝的蓖麻》《粮道》等颇具影响力的散文集，并获"长白山文艺奖"。其创作多次被收入《中国最佳随笔》《名家散文欣赏》《最美最哲理》等文集。东北文学研究专家何青志教授在《东北文学五十年》《东北文学六十年》等学术专著中对其创作给予过专门评介。任林举的创作充满着丰富的情感层次和个性的艺术气息，他以地域情怀和牧歌格调，将东北边域生活置于记忆的丰碑之前，怀抱庄严而神圣的土地，向苦难深重却坚韧不拔的当代农民致敬。

一、《粮道》《玉米大地》：大地崇拜与农民关怀

作为一位农村走出来的作家，任林举对土地和农民有

着持久、坚定、执着的关注。在他的笔下，土地和粮食是富于灵性和神性的，是具有本源性的价值源泉与孕育生命、主宰一切的不朽力量。土地生养粮食，粮食养育苍生，苍生创造文明。无论农民与土地和粮食以何种方式结缘，它们永远如影随形，休戚与共。用他的话说，那是"农民与庄稼之间难舍难分的缘分"，"相互依存，又相互伤害，爱与恨胶着于一处，难以剥离"。土地、粮食永恒而博大，在与个体生命时间和能量的有限性对比中，表现出了毫无悬念的优势与强势。对他们的无限敬畏和宗教式膜拜，化作任林举的神圣情感和狂迷体验，成为他所有作品挥之不去的情结。

如果说任林举对土地与粮食的生命伟力和永恒创造力的崇拜，是一种浪漫主义的超验的精神体验的话。那么，对与粮食有关的中国当代历史和农民命运的讲述，则是对民族、国家、时代具有强烈责任感的理性关照和观念反思。任林举是一位以人道精神关注历史，以真诚立场评价历史的作家。他的作品回顾了中国当代农民的历史发展道路，总结了中国当代农业政策的优劣得失的历史教训。对"土地改革""大跃进""三年严重困难""文革""家庭联产承包制度"等政治生活的主流现实与社会机制的外在变化给中国当代农民的生活和命运带来的深刻影响，给予了细致深刻的关照。《粮道》和《玉米大地》在某种意义上是由积贫积弱、苦难深重的大历史，物质贫穷时代精神追求的心灵史以及普通农民的个人史构成的当代农民整体的生活史和精神史。

大地与粮食不仅是生机盎然、纯洁神圣的自然之物，而且它们的精神品格已经成为任林举心中神圣价值与人文理想的寄托与象征，成为其审视社会和评判时代的重要尺度和文化立场。任林举的创作切入了中国社会转型和世界科学化进程的粗糙面，构成了对现代化片面性的反思和对世俗信仰的反叛。这种反思和反叛主要体现在三个方面。其一，对自然与农业命运的担忧。他对文明进步导致的自然生态的恶化忧心忡忡。在任林举看来，科学无疑是一把双刃剑，科学使困扰世界几千年的粮食问题得到了很大程度的解决，同时也令社会付出了极高的代价，使未来发展和人类命运充满了风险和不确定性，正是在这个意义上，他将来势汹汹的"转基因工程"视为"另一场鸦片战争"。其二，对人文精神的衰落的反思。任林举对当代社会道德滑坡、公平失衡的感受是十分清醒的："浮躁的人心、沸腾的物欲已经把很多堤坝都打造成了'豆腐渣'工程，岸是疏松的，堤坝是可以移动的，所以有一些江河的走向始终很难把握，一遇洪水必有意外，必有险情。"其三，对城市对乡村的盘剥侵蚀的警觉。城市化进程遮蔽了城市的历史与个性，也挡住了自然的风景和大地的视野。城市"形影孤单、突兀嶙峋""生硬、冷峻"与大地自然的"生机勃勃、充满能量"的不同影像构成了任林举心灵世界的两种体验："一个是我的现在，一个是我的过去；一个是我的表象，一个是我的内心。"

二、《上帝的蓖麻》：人格境界与生活闲趣

《上帝的蓖麻》是集游记、回忆、咏物于一体的散文集。作品洋溢着大自然的冥想和明心见性的思索，文笔清醇，笔端含情，有着自然美的光彩和精神世界的广博深度。

在"内心风物"系列散文中，任林举对恶劣自然环境中的伟岸植物有着别样的倾心。长白山清冽寒风中的岳桦，沙漠中的红柳，荒漠盐碱滩上的胡杨。这些植物都被作者赋予了一种人格的特征和抽象的精神。他们高贵不屈，庄严悲壮，高风亮节，虽历经磨难却倔强生存。胡杨"活而一千年不死，死而一千年不倒，倒而一千年不朽"正是一个悲壮激越、坚忍不拔、豪荡雄恣的人格形象，也是任林举这一代人从艰苦的历史环境和生活环境中磨炼出来的一种纯然的精神境界。任林举的咏物散文非但有着铮铮傲骨和刚健之气，而且常会从"日常体验"具体层面上升到"生命体验"抽象层次，以呼唤天启的方式寻觅永恒自然与博大宇宙对生命的肯定，升华出一个生存与命运的深层次命题，给人以巨大的心灵启悟。

如果说任林举的咏物散文表现了精神的深度的话，回忆性散文则表现出一种生活的闲趣。前者是作者精神世界的折

射，体现着形而上抽象的直觉体验和生命哲学，有着英雄般的血腥与风骨。后一种则是日常生活的体悟，体现着形而下的生活细节与生活体验，有着普通人的柔情与细腻。在《上帝的蓖麻》的回忆性散文中，处处满溢着家庭生活的亲切感和随意感。《一个地址》《来生还是做父女》《婷婷》等篇什中，作者以动情笔调讲述着自己在家庭生活中感受到的父女、母子、父子间的那种扎根于内心的人伦情感。而描绘畅游英格兰见闻感受的篇章更是附以絮语的笔调。芳香四溢的普罗旺斯、雾气蒙蒙的伦敦、生机勃勃的维多利亚公园……无不满蓄着自然灵性与浪漫气质，从中我们能够体味到作者精神世界的丰富复杂和心灵世界的多维层次。

三、《松漠往事》：地域文化与乡情叙事

任林举的创作还是扎根于地域文化的土壤之中的，东北地域文化形态和文化精神已经成为他创作的重要话题和主要文学形态。这在《松漠往事》中体现得尤为明显。在这部充满着乡愁的怀旧性作品中，作者以印象派绘画的散点技巧，人物志、地方志的讲述方式，回忆过往，钩沉世态，格调舒缓，心态柔和，文笔清醇。

虽已离家数十载，但让任林举难以忘怀、魂牵梦萦的仍是家族世代繁衍生息的大安和向海。这块荒僻粗犷、风光如

画、民风淳朴的故地，铭记着任氏家族闯关东的艰难坎坷，镌刻着作者挥之不去的童年记忆。在《松漠往事》中，由洋溢着浓郁东北风情的祭祀仪式、信仰禁忌、乡间风物、方言俚语、坊间歌谣等构成的立体民间风俗画卷在我们面前徐徐展开。这里有宁静缓慢的生活，苦难贫穷的记忆，苦中作乐的达观，坚韧固执的生命力，东北乡俗生活的真趣。对久居城市中的人而言，是一种化外之境。对作者而言，仿佛漂泊在外的游子找到了自己的精神家园。任林举在作品中不但刻画了一个又一个趋于生活原型、形象鲜活的家族形象，而且借助他们，呈现了东北人特有的强者崇拜、古道热肠、慷慨大方、豪爽义气、重信重诺、风风火火的性格特征，表现了故乡正直朴素的人情美和醇厚民风，同时也对东北人从众意识、重义轻利、重农轻商等群体文化意识和文化人格弱点给予了一定的反思，体现出文化认知和文化批判的自觉性。

《松漠往事》是介于历史与文学、家族与地域、个人与时代、纪实与虚构之间的书写，其中饱含着丰富而复杂的心绪。作者以一种动人而平静的、宽广而有着落的悲悯情绪和感伤方式咀嚼和对视着家族的苦难与命运的更迭。此中既有归家寻梦的温暖、时代沧桑巨变的慨叹，也有悲欢离合遭际的苍凉、幽冥莫测命运的体悟。

四、知识化、科学化、幽默化风格

任林举的散文不仅凝聚着作者历经沧桑的生命感悟，而且蕴含着古今中外的知识精华，并且善于从历史、政治、经济、社会、文化、新闻等多个角度去解读表现对象。

任林举的散文是知识化的。他的作品有着深厚的文化旨趣和文化底蕴，内容斑斓宏博，涉猎众多，既有中国传统儒家文化、道家文化、佛家文化的各种思想，也有基督教文化的显著投影，令读者喟叹连连。他对《诗经》《道德经》《战国策》《本草纲目》等古典文献内容的谙熟，对民族文献《蒙古秘史》的了解，对英国的《谷物法》来龙去脉的讲解；对《圣经》《约拿书》等宗教经典信手拈来的借用，都体现了卓越的历史通识和丰厚的知识积累。

任林举的散文是科学化的。他的散文具有很明显的科学性和研究色彩。经常会引入大量能够说明事实和分析问题的数据材料，运用多学科知识对研究对象进行立体呈现和系统分析，从而引导读者对某一问题进行全面认识与深入思考。《粮道》中，中国粮食生产状况，不同地域农民的收入状况和精神风貌，转基因粮食对巴西和中国农业发展的影响，乃至从神话时期开始，到民国时期的农业人口的详细记录都有据可查。任林举正是以粮食为中心，通过查阅资料和走访调研，在准确客观数据和生动翔实资料的基础上，对中国农业与农民的历史、现状、未来进行了科学可信的个人化分析。

任林举的散文是幽默化的。任林举散文的知识化、科学化特征，并没有使文本陷入枯燥与呆板，而是始终有一股真实的、切近的、鲜活的灵气在其中，这种气息源于写作者生命的投影与现实的关怀，同时与其以幽默作为创作的润滑剂的写作方式相关。在《维多利亚公园的天空》中，任林举将中国狐狸少而西方狐狸多，归结为"《聊斋》中的那些'历史'事件发生后，中国的狐狸们便彻底伤了心，再也不齿于与无信无实没有担当的人类为伍，所以在中国就没几个人能够在人类正常活动范围看到狐狸的身影"。在《通灵者》中，作者这样介绍村里的"大能人"："周荣对人讲话时，特别是讲故事时，……特别是讲起《三国》诸葛亮巧借东风，死后多年又以有毒的兵书毒死敌手司马懿以及袁天罡、刘伯温等历史上知名术士的时候，他那苍白得没有一点血色……"这种杂糅了智慧机趣和淳朴人性之美的调侃谐谑和会心幽默，创造出妙趣横生的艺术效果，造就了任林举散文的艺术魅力与文笔情趣，也成为其观察和反映社会人生的一种独特的本领。

结　语

虽然任林举的散文已经达到了较高的艺术境界，但也有可待发展之处。对于经历过当代语文教育的明眼者，不难在《粮道》的"知识化"和"形散神聚"中看到秦牧散文的影子。在《上帝的蓖麻》的托物言志、借景抒情和卒章显志的修辞中，看到杨朔散文的影子。对于一个文化修养深厚的、从当代教育体制中走出来的作家，文学经典楷模力量的影响是必然的，但同样也会难以避免地沾染上文学经典的局限，从而构成对其艺术个性和创造力的某种束缚和羁绊。任林举的个别散文，性之所至，漫无边际，枝蔓过多，给人一种失之节制的感觉；同时，散文观念的理念化、流行化、主旋律化特征亦很明显，有些创作过于偏重社会效应，甚至将地方政策和领导的名字直接变成了简单的歌颂对象，没有将审美兴趣与实用兴趣有效分开。虽未经作者证实，但我想这与当代散文经典模式化创作和因循的思想逻辑是有关联的。

东北青年枭雄的想象者韩雨山

韩雨山是新世纪以来吉林省成长起来的一位青年作家，他二十二岁开始发表作品，出版了《淡淡的忧伤》(《长春垃圾》)《荣子》《云朵飘飞昨日秋》《北京，怎样和你说再见》《远山》等多部中长篇小说，其作品一发表就受到文学界和批评界的关注，并得到了朱大可、宗仁发、徐坤等著名批评家和作家的高度评价。目前，雨山已经成为东北地区乃至全国都颇有影响的青年作家。笔者认为，浓郁的地方特色和乡情情结、喧嚣的时代记忆与青春想象、虚空的宿命意识与生命体验、独特的叙事风格和文本实验是雨山小说的艺术个性所在，也是其文学价值和文本意义的核心构成。

一、浓郁的地方特色和乡情情结

一个作家，无论如何回避和隐晦，都不可能完全褪去自身所携带的地域风格，在一定程度上，一个作家作品的地方特色是与生俱来、如影随形的。但是，在创作实践中，能够拥有地域文化书写的自觉意识，将自己浓郁的乡情化为作品中弥漫性的情感，并转化为创作的主体冲动和不竭动力，使之成为建构作品文学价值和审美意义的重要组成部分的当代青年作家并不多，而韩雨山则是突出的一个。雨山是热爱家乡的，在他看来，只有两脚踏在长春这片土地上，才显得自在与自由，这样一种心迹既源自雨山对生于斯、长于斯的家乡的浓厚感情，也与他在异国他乡的留学经历相关，《淡淡的忧伤》的开头，雨山真实地托出了自己身处异国他乡时四近无人、心理空洞、孤独沉寂的精神处境和写作境况，这种心情与境遇更强化了雨山本来就有的浓郁乡情，使他的写作处处流露东北的地域风格与地方特色。

首先，雨山的小说涵盖了大量地方性的人文历史知识。像长春的变迁与发展，人民大街的起源与沿革、文化广场的建立和发展，在他的小说中都有适时、详尽的介绍，他的小说在一定程度上可以说是长春的一张名片。其次，雨山在作品中大量运用东北方言。诸如"傻巴愣登""山货""削你""土了吧唧""黑咕隆咚"等原生态方言俚语在其作品中的恣肆运用，不但有助于语势的强化和情感的宣泄，同时也创造了灵活精巧、妙语连珠、娱乐调侃的语体风格。再次，雨山小说的人物具有鲜明的地域品貌。他的作品中有这样的语句：他说，东北人"活得轻松，活得意气，活得自由自在",东北人的圈子就像"一个粗犷的大草原,上面跑着一群饿狼,长相凶残,威风凛凛,其实就是一堆大狼狗,很少伤及小动物"(《北京,我怎么和你说再见》),话虽不长,但是却将东北人那种外貌凶悍不驯、内里热心善良的性格真实而形象地概括出来。雨山作品中的人物无不是这种性情的符号化和具体化,他们体面、排场,重许诺、轻生死,豪爽、仗义、义气,有着咱东北人自古就有的草莽气质与英雄气概。

雨山热爱生养他的这片土地,当有人指责东北文化和东北人时,他会毫不含糊地回击,但他没有因为热爱而讳言和回避东北文化和东北人身上因袭的惰性与缺点,在《淡淡的忧伤》中,雨山说:"这些在文明人眼里看起来乱七八糟的生活方式,早已经成为东北这片土地上不可更改的文化遗产了,可能还有些人被小白龙那个土匪时代的气息熏陶着,那种气息给我们带来了匪气、义气和对生活不正常的奢望与幻想。"雨山小说的大多悲剧性结尾都凝聚着他对东北文化和东北人人格的严肃思考与真诚反思。

二、喧嚣的时代记忆与青春想象

曾经和雨山有过一个上午的交流,雨山说,他的小说是20世纪七八十年代出生的一代东北人共同的人生经历。的确如此,雨山作品体现着这一代人独特的生活情趣、心理状态、情感方式。在作品中，《青春无悔》《离别》《男人哭吧哭吧不是罪》《你的眼神》《让爱做主》等歌曲和影视剧作品是我们这代人的共同记忆；酒店、饭店、酒吧、咖啡厅、迪厅、俱乐部成为这代青年人生活的主体空间；飙车、酗酒、性爱、侃大山、寻觅商机成为他们生活的主要部分，而雨山作品呈现出来的"男性友谊""青春与背叛"的主题，以及"越轨的江湖世界"和"悲切煽情"的空间氛围虽然扎根于生活，但也有着 20 世纪 90 年代风行一时的香港"黑帮电影"的明显投影。

20 世纪 70 年代末，一体化的旧体制松懈之后，中国社会结构和价值观念发生了剧烈的演变与分化，中国思想文化界经历了短暂的显明与澄清之后，很快在市场经济的裹挟下，卷入了"消费主义"与"身体解放"的潮流之中，价值的动荡、分化、破碎和意义的不确定成为时代主体性的文化症候和精神症候，雨山这一代人正是在这种变化与变迁中成长起来的，作为混迹其间者，他的作品对这代人独特的价值处境和人生境遇有着深刻的体察。青春的骚动，另类的生活经验，喧闹的躯体感官，世俗欲望的急切表达，现实的粗俗，人心世相的畸变，代际观念的冲突，都市人的失败与遁逃，流行化的幽默与狡黠，对权威的嘲讽和挖苦，对暴发户的漫画式印象，对坊间流行语的借用，对自由与激情的向往，情感的挣扎与迷失，精神的颓废与愤懑，心灵的隐痛与温情，生活的销蚀和麻醉，无不是处于中国社会文化价值转型，以及商业化、世俗价值兴起的历史语境中的一代青年主体性的文化反映和文学反映。

三、虚空的宿命意识与生命体验

宿命的结局和虚空的体验使雨山的小说拥有了存在的深度。由"盛"到"衰"，由"繁华"到"虚无"，由"聚"到"散"是雨山代表作的典型叙事模式，雨山几部代表作的开篇都是兄弟情深，意气风发，生意兴隆，但最终却难逃荣光散尽、灯影消沉、曲终人散的命运。虽然主人公们在经历了青春的荒唐和人际的周遭后，都已幡然醒悟，并已经开始由"浪子"向"孝子"，由"妓女"向"良家"，由"浮华"向"平淡"转化和重新选择，但除了《淡淡的忧伤》中的王齐等个别人物外，命运并没有给他们更多的机会。《淡淡的忧伤》中刚刚置于舒缓柔和的家庭伦理生活中不久的韩雨山被仇家杀死，成为小说中最为震撼的情节。《云朵飘飞昨日秋》的结尾，也是孤独的主人公与叙事者以平静和洞悟的方式咀嚼着曾经的青春岁月和命运的拨弄。《北京，我怎样和你说再见》中，剧作家韩雨山更是在功成名就之时，急流勇退，置身事外，对一切世俗价值"冷眼旁观"。

雨山笔下的人物都有着世俗化的追求与理想，也会沉浸于世俗价值实现的激情与喜悦之中，但叙事者在字里行间却对凡俗生活表现出极大的克制，不时流露出批判性的诘问。雨山没有像大多数同龄作家那样，在讲述青春与时代时，去礼赞世俗世界与欲望生活的神圣，从"世俗的放纵"滑向"精神的放逐"，成为感官世界的"共谋"与"帮凶"。他笔下的人物常会有置身于荒原中的忧郁感和迷茫感，这种感受源自他们对世界的隔阂与分歧，源自他们对恶浊生存境遇的警惕和抗议。在雨山的小说中，叙事者和主人公最终都能从俗套感性的生活和价值中解放、超越出来，上升到一个更高的层面去检视人生的风雨与生命的价值。雨山表现出的与他年龄不符的那种少年老成和大彻大悟，以及同龄人罕有的睿智与超脱令人侧目，使人震惊。它不但使作品获得了深层的洞悉力，也增加了文本悲剧性的审美重量。

四、独特的叙事风格和文本实验

雨山的作品格式上的特色和尝试也是明显的。雨山的小说，叙事动机、表达自身情感和欲望的体验往往是交织于一处的，他的行文方式是情之所至、随心所欲、放任自由的，叙述者常常拒绝将视角长时间停留在叙事的核心线索上，而是在不同人物和意识之间移来移去，以时空交错和意识交杂为手段，在当下叙事中，插入"以往的故事"和"适时的情绪"，朱大可将这种写作方式称之为"任情写作"。雨山对创作中的这种"任情"一直都是警觉的，认为它造成了叙事链条的暂时性断裂，使叙述处于一种散漫凌乱、游移拖沓的状态，甚至感觉写出的文字回头重看时，都有推翻重写的冲动。

但在笔者看来，我们置身的世界本身就是由碎片化的经验构成，而情绪和记忆的连接未尝不是对真实的反映，再者，文学写作在本质上是一种表义的实践过程，任何一种艺术构造都不是一个预设的形式，它只不过是为作家提供一个方便和擅长的情感世界的表达方式而已，雨山在创作中对自我回忆和自我情绪的广泛吸纳，正是他介入人生体验和进行艺术升华的自在方式，它令"过往"与"现在"、"记叙"与"抒情"和谐共存并形成互相阐释的张力结构，这种结构不但扩大了叙事的容量，创造了不拘常例的语体个性和自由的感知空间，同时也超越了文体的先验法则，成为他直击现代社会中青年的欲望追求、困惑心理、人生挣扎的有效途径。正如作家东西在评价雨山作品时所说，"小说到了韩雨山手上，已经变成了生活和身体的意识流，自由得没有了堤坝，这不得不让我重新对小说定义"。雨山是用心灵和感情去创作和思考的，感受的变化与经验的跳跃是他创作的体验方式和主体状态，也是他的灵感所在。

雨山的小说叙事风格不仅独特，而且还有着浓重的"先锋色彩"。《北京，我怎样和你说再见》中韩雨山和小苗所经历的初恋一直无法获得真实的确证，这种似是而非、前后矛盾的语义表述，造成了意义的消解与叙事的颠覆，使文本呈现出游戏化和自我指涉的特点，出现了格非《褐色鸟群》《迷舟》等先锋作品中的语义空白和表达的诡变。而《远方》更是一部典型的实验主义的创作，这个作品的叙述风格和介入现实方式较雨山之前的作品发生了很大改变，作品脱离了现实的羁绊与日常的框架，弥漫着天马行空、嬉笑怒骂、诙谐幽默的风格和气息，生涩的象征和诡异的想象，同义反复的叙述圆圈和难以索解的能指符号纠结盘绕，生成出复杂的表达系统和荒诞化的叙事格调，这部作品可以看作他突破和超越自己先前创作风格的一次有益尝试。

结　　语

　　韩雨山是一位个性突出、风格鲜明且勇于创新的青年作家，虽然近几年，雨山作品在数量上没有他登上文坛之初那样多，但雨山从来没有停止过思考，更没有离开过文学。据我所知，雨山目前正在酝酿一部市场经济背景和世俗语境下，青年共产党党员追求崇高价值和坚守纯洁信仰的理想主义风格的长篇小说，期待这部作品能够早日问世。最后，祝愿雨山在日后的文字实践中，能够带给读者、带给中国文坛更多、更好的作品。

《后上塘书》：人性启蒙的范本

　　孙惠芬自 1980 年代发表作品至今，一直用写作来编构着自己的文学故乡，"上塘"和"歇马山庄"这两个辽南地域文化浓重的文学村庄已成为她的专属领地，其对孙惠芬的价值不亚于高密东北乡之于莫言的意义。如果说，莫言在历史的纵深沟壑中打捞沉淀于岁月底层的乡村的话，那么孙惠芬就用人情生活编织了一张乡村的大网，打捞着日常琐碎、家长里短，诉说着说不清道不明、千丝万缕的家庭、家族、邻里关系。孙惠芬属于那种能够真正融入乡村并有能力系统展示乡村的作家。其作品善于捕捉流贯几千年的中国农民的民族性，有自觉的民间土地的生根意识，蕴含特定时空民间精神的诸多指向，并以此融构农民生活和精神的丰富与坎坷。虽然传统宗法制度与伦理道德已成为旧日遗迹，但作为隐形的文化传统无时无刻不潜伏在辽南乡民的生活态度中，渗透于乡民的思想深处。孙惠芬希图表现的乡村生活的本体和乡村人精神的核心，不由农民的身份来定义，不在城乡的对偶中突出，而是通过乡民在家庭和乡亲关系中涌动的情绪、心理、处境来彰显。她笔下的乡村人永远置身熟人社会中，看似孤立的个体背后站着打折骨头连着筋的一排人，不论顺境或逆境，得意或失意，均为世俗关系所牵扯和羁绊。那张罗住所有人的人情关系网是孙惠芬切入乡村人精神世界、表现乡村人波澜壮阔内心的入口，也是我们解读其创作的一把钥匙。

应该说，将人情关系作为激活当下农村日常生活、勘察农民主体性思想构成和文化反应的介质，不仅深刻，而且有相当概括性与解释力。但这种视点长期以来却因不够尖端而无法在"农村书写"史上成为时尚和主流。"农民"很早就沦为被意识形态建构的具有明确文化区别功能的抽象范畴，影响着一代又一代作家对农民的想象与认知。从"五四"的"蒙昧苦难的存在"，到 1930 年代"觉醒的苦难大众"，到新中国成立后"革命和建设的主人翁"，到 1980 年代被还原成"小生产者的愚昧无知"，再到今天"进城的漂泊灵魂"，中国的农村叙事一直随着政治生活的主流现实的变化而变化，一直随着社会机制的外在变化而变化。每到历史文化转型的结点，"乡村写作"就会由新的时代主旋律的火车头来引领。在这个过程中，作家想象农村的方式越来越依赖于社会知识，越来越习惯于将农村叙事问题化，越来越热衷于建构有关农民的典型人格。这导致了主题意识的抽象化、集体化、趋同化，并产生了思想大于形象、认识价值大于美学价值，缺少个性细节和充分形象，切近农民及其生活本质的延续性和完整性日趋模糊、渐行渐远等一系列问题。真正的农民读者对这类创作的感受必是隔膜和生硬的。中国农民生活固然无法挣脱大历史的裹挟，中国文学叙事也无法摆脱时代意识的吸引，但历史对个人的影响是宏观的，不是细微的；是趋同的，不是丰富的；是时效性的，不是长久的。个体心灵与历史潮流绝不可能是僵硬机械的对应关系。21世纪中国文学的农村叙事努力开辟的，是激活生活而非锁定生活，是将理性融于生活直观而非将观念图式化的积极诠释农村，为中国农民正名的新路。"善与恶，崇高与渺小，再也不能以历史理性为价值尺度，就是乡土生活本身，就是人性自身，就是人的性格、心理，总之就是人的心灵和肉身来决定他的伦理价值"[1]已经成为乡村文学新的批评性价值。

多年来，孙惠芬一直秉持不苟时尚的创作心态，不舍昼夜悉心守候着文学的净土，坚守着自己的道义与直觉，她不急于认同和否定，而专注发现和洞察。其文学理想是直抵中国农民内心，问询乡村人普遍遭遇的精神处境，展现他们共性之下的个体性与差异性——"我要做的是关注每一个个体，关注他们的爱恨情愁，关注他们的生离死别，关注他们在这个社会上的生存方式，以及他们感受这个世界的方

---

① 陈晓明：《弱者是文学的伟业》，《福建日报》2015年8月11日。

式，他们拉着你的手跟你絮絮叨叨时，让我觉得我理解的文学，或者我热爱的文学是能够照进人心的，它是一种有情怀的东西。"①"当我学会回过头的时候，我发现我那样地爱着他们，理解他们，又是那样地同情着他们，悲悯着他们，我那样依恋着他们。"② 正因为如此，孙惠芬的文学创作与有关农民的公共知识、文化范型、标签认识自动隔绝，少有理念痕迹，不希图营造宏大叙事的深邃历史感与严肃思想性，多展示农民本真本然的日常生活和凡俗人生，以及含蕴其中的心灵的"真"与"诚"。歇马山庄的男人和女人，上塘的鸡鸭鹅狗、街道庭院，每一处都透着人情。琐碎复杂而又井然有序的日子里，人们守候着节日的来临，守候着外出打工的亲人归来，守候着自己的爱情，守候着日升日落。这些看似寻常的守候与等待中包含着乡村人的丰盈与繁复，也藏匿着他们诸多无法言说的悲欢与隐痛。《歇马山庄的两个女人》《歇马山庄》《上塘书》《秉德女人》《街与道的宗教》《吉宽的马车》《生死十日谈》等系列作品，都努力与当下农民的普遍生活和精神状态形成同构。"歇马山庄"和"上塘"这两个容量甚大的艺术世界犹如巨大的磁石吸附着现实的一切，乡村人于其中自由穿行，大声说话；怀有心事，藏有隐秘；追

---

① 方方：转引自《弱者是文学的伟业》，《福建日报》2015年8月11日。

② 孙惠芬：《我读一本小书，又读一本大书》，《羊城晚报》2007年7月6日。

逐梦想，不停碰壁；他们尽情哭笑、拼命撒欢儿。

《后上塘书》在承续孙惠芬既有的创作思路和写作经验的同时，在思想和艺术上均有扎实推进。技巧上，该作延续了一贯的绵密饱满的叙事风格，运用倒叙手法，并富于新意地创造了徐兰的灵魂这一叙事形象。魂灵无疑拥有常人所不具的袒露内心的优势，因为生活与生命不再是与其有共生和有利害关系的存在，而成为次要的被其审视的客体，借助它可以完成对生命及其相关的一切的形而上的思考。同时，以死亡为前提关照生活，以神秘为前提关照人事，以背叛与伤害为前提关照真爱和无爱，以今日之我对昨日之我进行审视与评判，可以拉开距离，切近心灵，使文本获得召唤功能，产生幽怨的纵深感。该艺术处理方式的选择是建立在创作主体对描写对象全面理解的基础上而非简单的技巧问题。在主题上，该作表现农民精神的深广度和审视中国乡村世界的视点亦有明显提高。孙惠芬早期创作关注的大多是农民外在的、物质的、肉体的处境，之后转向对农民情感、心理、精神磨难的观照。而《后上塘书》则全面触及当代农民精神困境和救赎的双重主题，并以人类的、人性的、个体的意识来充分放逐乡村人的精神和心灵，反思他们精神生活中匮乏的维度，为每位农民言诠作释。

应该说，《后上塘书》仍然无法脱离改革开放以来中国农民身份变迁与进城寻梦的"大时代"。1949年后，在计划经济体制下，中国的阶层与职业高度固化，农民群体尤为突出。"国家以各种方式把农民固定在土地上，使他们失掉了择业的自由，也失掉了迁徙的自由。由此开始，城乡、工农之间被划上了一条鸿沟。城市人被送到乡下，意味着一种惩罚；农村人能够进城工作，是一种难得的幸运，而这一切，都不是人们能够自主的。"由户籍制度与工作分配制度共同搭建的城乡壁垒异常坚固，农民身份代代相传，以致不禁有人发问："工农商学兵，本是职业的划分，为什么唯独'农民'永远要被加上特定的标签呢？……哪有生出来就是工人的？哪有生出来就是商人的？结果偏偏农民生出来就是农民，他还没干活儿呢，就农民了。"[1]新时期之后的中国农民逐渐摆脱了土地、制度、身份的束缚，为改变因袭的命运，"弃土离乡"的足音不停踏响，"向城求生"成为一代代乡村人旷日持久的追求，而由此带来身份认同危机、文化割裂之痛、伦理观念惶乱、异乡人情结也不断酝酿和发酵，几十年来的中国农村文学的主题由此激荡而生，并铺展出对乡村人生活命运和人心世相的讲述规范。文学中的乡村问题再不是封闭的内部问题，而必须在城乡格局中加以考察。孙惠芬是从乡村走入大城市的作家，她出身农家，当过地道农民，对那些身处农村、干着农活又心有不甘、心怀理想又找不到出

---

① 李新宇：《为一个新兴阶层留影——关于"农村劳动力进城打工"的写作》，《扬子江评论》2015年第3期。

路的农民内心的渴望与挣扎，以及他们突围路上遭遇的混乱与艰难感同身受。孙惠芬是上塘人的知音和同路人，上塘人无可避免地要置于城乡流动的旋流中。但是在这样的时代洪流中，孙惠芬极力要突出重围，她的《后上塘书》关注的重心并非是农民在城市化进程中的悲欢成败，而是农民在城乡两极中的生活经历和参照对比中衍生的心理品质，这种品质具有概括性与普遍性，并可以引申为人类共通的处境与天籁——"用我的笔，打开一个乡村通向城市的秘密通道，使人们能够在一个相对封闭的地方，看到一个相对通透的世界，看到人类所能有的生命的秘密和命运的本质。"①

《后上塘书》是对乡村人生活焦点与心灵痛点的冷峻逼视，是对乡村人思想世界的彻底省察，是对乡村人生活的精神轨迹的纯粹书写。它步步为营地深入生活，挑开人心层层包裹的核壳，露出脆弱和暗淡的人性内核。一个意外的死亡事件拉开了叙事的大幕。在突如其来的变故前，人们开始追问、忏悔，反思错位的生活和失范的灵魂。一次又一次不期而至的无法确定来源的号叫声淹没了上塘人内心的坦然和精神上的安全感，不断被提及的蓄水方塘显然是这一精神遭遇的暗喻与象征。一些人因失去自我而陷入精神泥淖；一些人拼命寻回自我而困难重重；另一些人则被民间伦理观念紧紧

---

① 蒋楚婷、孙惠芬：《乡村生活进入灵魂》，《文汇读书周报》2004 年 9 月 1 日。

捆绑，不得喘息。他们经历的困扰和磨难很大程度上都来自于农民精神结构与时代性的价值处境。作者没有对受困者采取揶揄和嘲笑的姿态，也未在精神困境揭露与发现层面上止步，而是进一步为受困者寻觅救赎的可能。她没有把宗教、道德、哲理等乡民思想核心之外的存在作为安放芸芸众生冀盼和恐惧的试金石，而是从乡村人的道德思维和心理范畴中寻求可靠自足的力量来实现生命的净化和升华，即在民间报应不爽心理支配下，回归最朴素的人伦良知和人性善恶立场，警惕和反思生存境遇，敬畏生活和生命，乐观而积极地活下去。诚如作品中人物所体悟到的那样：幸福生活的法宝就是"活着"，只有善良和勇敢地活下去，方能从劫难中获得重生和超越，方能体察到人生的甘苦与人性的优美。这个救赎路径的寻觅与精神力量的认知过程不无达观和通透，但却绝无权宜性和宿命感，其中凝注了生命的强悍力量和铮铮傲骨，以及对生活的希望与自尊，也为每个人为自己留下精神形象和墓志铭提供了机会。

徐兰是以灵魂的形式出现在作品中的。这个半封闭的形象与文学史中诸多同类形象有所不同，不是全知全能。虽然她的目光和思想所及有固定边界，却不受物理时空、言语规模、表达方式等的限制，随时随地坦率直露，自我告白，承担着拼凑往事和精神独白的功能。徐兰不是《后上塘书》的新人，《上塘书》中就已有过关于这位村长老婆、小学教师与上塘人敬重的神明、民间英雄鞠文采之间心灵相通的笔墨，但并未展开。《后上塘书》中，与鞠文采心心相印的情感关系成为影响人物心理走向的关键，只是一出场，她已意外身亡。她不甘被遗忘，急于将自己的心理情感表白出来，她要证明自己的存在和价值，这是她一直的夙愿。于是徐兰的灵魂开始了讲述，并在"离魂""迷途""存在""我是谁""回忆""隐秘""游荡""宿命""悼念""彼岸"中，完成了自我认知、自我反思、自我解放。这个从小就受当老师的大姐的影响，对村外世界充满好奇和向往之情、争强好胜、任性尚情的老疙瘩，一直备受家人呵护，任由自己的野心滋长。与四姐争吵导致四姐自杀后，强烈的罪恶感改变了她的人生选择，冲动下嫁给了游手好闲的刘杰夫。随之而来的家庭生活里，她承受着种种压力——大姑姐们的"集体压迫"、毫无共同语言的丈夫、瘫痪在床的婆婆、繁重的家务等。即使这样，也没能磨掉她无羁的心性，她不甘就此一生，始终不放弃对自由和激情的追求，不放弃对自我价值的维护。当知己鞠文采读懂她时，她理直气壮地以心换心。这场刻骨铭心的爱情对饱受生活重压的徐兰来说，既是意料之内，也是情理之中，但对于身为村长的丈夫却是致命打击。为了报复妻子，寻求解脱、平衡、安慰，刘杰夫决然地辞掉村长之职进城打拼，成为著名企业家，举家搬离上塘成为城里人。他玩弄各色女性以显示自己的胜利，徐兰也因此坠入空虚、孤寂、堕落的深渊，变成在城市游荡的孤魂野鬼。如果读者认为是进城让徐兰失去了生命的棱角的话就大错特错了。对于如何弄丢了自己，徐兰的魂灵最终找到了答案："我不是进城才把自己弄丢，而是嫁给杰夫那天，就把自己弄丢了。"[①] 回想人生，"你会发现没有哪一步不是那颗不安分的心带来的结果。"[②] 徐兰的一生是被强烈的自我意识支配的一生，是自我价值意欲实现而不得的一生，意外身亡未尝不是一种解脱。

而与她相伴的大姐徐凤就要一直饱受痛苦的煎熬。这位优秀的乡村语文教师在初恋男友死后，"安心"嫁人、工作，将自己蜷缩到泥土里。身为知识分子的她自觉与乡村精神保持距离，高雅的人格修养在苍白的乡村现实中形成的心理落差孕成了她人格中的反抗力量，精神洁癖养成了她不近情理的孤傲个性。乡村的知识生活犹如荒漠中一口并不旺盛的泉眼维系着她孱弱的生命，可当这种供养难以为继时，生命就会渐趋萎缩，灰色平庸的生活本相也会暴露出来——"我们这一代乡村教师，都是一些畸形人，我们的家住在乡村，可我们的精神住在学校，住在人头攒动的课堂。有一天，我们退休，精神的住所一夜之间坍塌，我们便是那些废墟上的碎片，没有了任何生命力的支撑"，乡村生活的养料"已经不

① 孙惠芬：《后上塘书》，上海：上海文艺出版社，2015，第44页。
② 孙惠芬：《后上塘书》，上海：上海文艺出版社，2015，第194页。

再能够滋养我们这样的人群"①。城中妹妹的邀请令已失去生命水分的她出其不意地重获了激情，她虽然找到了真爱，却阴差阳错地致使妹妹身亡。徐兰的死表面上可看作世俗伦理对婚内出轨者的惩罚，但从徐凤案发后的处理方式来看，其显然是打破了传统道德的束缚，遵从本心，以真实的情感诉求反思过往生活，反思徐兰和刘杰夫的人生选择，忏悔自己及刘杰夫因为一己的险恶用心而给赵小环、王月、宋佳等所造成的无以挽回的伤害。徐凤在真诚的忏悔中找寻到了对爱情的本心，她说自己从不后悔生命中致命的爱情，"上苍让我制造如此巨大的不幸，也许就是想证明爱情的力量"。徐凤在写出这份坚定的同时也获得了重生。不过我们也应看到摆脱世俗伦理道德约束所面临的风险和可能付出的代价，戴着镣铐跳舞的压抑人生与卸掉束缚去享受自由的悲剧命运，幸与不幸实难说清。

作为《后上塘书》的中心人物，刘杰夫是表面风光无限、内心空无一物、作风强势又十分懦弱的人物。他人格中的精明计算、市侩势利、虚伪矫情，与商业化、世俗化、粗鄙化时代高度同构。这个人物由家庭环境、人际关系、社会氛围共同造就。家庭中父母的争吵、母亲纵容的教育、祖父辈的家族观念，使他变成一个不安分的乡村流氓。内心充满自卑外表又极争强好胜，一心功名利禄，渴望发迹。过于以

---

① 孙惠芬：《后上塘书》，上海：上海文艺出版社，2015，第366页。

实利价值为中心的生活与追求，使他失去了认知自我和感受情感的能力，逐渐迷失了自我，对奋斗过程中的骗与被骗、牺牲与被牺牲早已习以为常、麻木不仁，所有的情感对他来说都是负累。他不仅没有对故乡和土地的爱恋，而且对家人、妻子、孩子也没有更多的责任与感情。他在生活上被城市的富足所吸引，但是精神上却被乡村的价值所羁绊。他所有的理想，无论是教子观、婚姻观、生死观，都以具有浓重的民间伦理色彩的功利主义为前提。对儿子的高度关注，是因为儿子的高考成败决定了刘氏家族的兴衰；追求徐兰是因为身上有文化基因的徐兰能为刘氏家族生出优良后代；功成名就后回上塘开发土地是要为自己后半生有安身之处而能落叶归根。妻子横尸家中的灾难突然降临后，刘杰夫的所想和所做都是如何保全自己的名利。但上塘百姓恶有恶报的质疑声，追查真凶时收到的封封匿名信，信中提到的他曾经伤害的人，都如附骨之疽一样开始与之纠缠不休。情人孔亚娟的怜悯唤起了他内心的羞耻感与亏负感，坚如磐石的价值观开始变得暧昧起来，钢筋水泥包裹的心慢慢软化。这里，作者无意揭示他外强中干的人格结构，而是着力展示人性与生命复苏的详细过程。刘杰夫开始认真审视社会的蛊惑与牺牲，家人的恩义与辜负，还有七零八落的自卑与堕落。他"衣衫不整，眼袋乌紫，嘴唇干裂"，眼神中透着"怯懦、惶恐、隔膜"①，以致他的官场、商界的朋友都对他冷嘲热讽：死了老婆多大点儿事儿，一个高考多大点儿事儿，这哪像个爷们儿！他越来越发现自己的赢弱，发现自己本应该有所在乎，"报应的感觉已经将他彻底俘虏"②。孙惠芬抓住这一契机，让刘杰夫低下头，走进过往的人生里，找到他曾经伤害过的人，感受他给他们带来的伤痛。这种感受比伤害本身更摄人心魄，刘杰夫最终被疼痛刺醒："我想我忙活了大半辈子，为了什么？……奋斗，赚钱，养家，光宗耀祖，可到最终……我是一个停不下来的人，……我停下来，前前后后想了很多……最想回家。"③ 没有老婆、孩子在的家，还叫家吗？ 虽然自己的小家再难圆满，但是刘杰夫找回了自己的本心，"他的心不在任何地方，就在上塘。他在上塘，已经不是什么大老板和成功人士，而是那个赤裸裸一无所有的穷小子刘立功。"④ 陈晓明先生曾说，自己"对写人的柔软的生命状态的文学很喜欢。这个时代，我们都在拼，都在奋斗，都在追求，但最后我觉得我们内心要回荡着一种柔软的东西，要回荡着一种弱的东西。……文学在表达这种东西的时候，它的那种情感，那种语言、趣味和意境特别能打动人

① 孙惠芬：《后上塘书》，上海：上海文艺出版社，2015，第259页。
② 孙惠芬：《后上塘书》，上海：上海文艺出版社，2015年，第260页。
③ 孙惠芬：《后上塘书》，上海：上海文艺出版社，2015年，第350页。
④ 孙惠芬：《后上塘书》，上海：上海文艺出版社，2015年，第356页。

心"。① 我想，牵动陈先生感情的那种软的东西就是真实而温暖的人性，是浩瀚宇宙和时空纵横无法替代的人类弱小的心灵，是带着体温的软心肠的人文意识。当风光无限的企业家刘杰夫变回自艾自怜的穷小子刘立功后，残酷的精神拷问让位给对创伤者的深情抚摸，他终究寻到了久违的心灵净土。在徐兰坟前，他放声大哭："徐兰，你等着我，你可一定好好等着我啊！我这世欠下的，到那一世好好还给你。"

《后上塘书》中的徐兰、徐凤、刘杰夫的性格、观念、命运各不相同，但却经历了共同的精神历程：对现实的拒绝、对理想的追求、现实与理想的冲突、生命价值的寻找以及自我的反省和重构。作品透过徐兰、王月、徐庆中的死，赵小环的疯，鞠文采的落魄，程有望的相思，徐兰母亲的眼泪，宋佳的一无所有之后的冷漠……让读者与其一同感受人物内心世界无边无涯的思虑，感受上塘人面对突如其来的劫难时的心灵反应。人们应对这一突发事件的方式虽不尽相同，但都能对自己的过失进行谴责，都能找到最朴素的人伦良知。在这个历程中，作品的心灵关照也由"镜"向"灯"转化，生活关照由社会价值向精神价值转化，伦理关照由乡村欲望向灵魂信仰转化。当乡民不再在心灵之外寻求生命意义时，他们又夺回了自我。《后上塘书》通透人心，把乡村伦理秩序中人的生活写得有血肉、有质感，将生活歧路带来

---

① 陈晓明：《弱者是文学的伟业》，《福建日报》，2015年8月11日。

的创痛直插内心。作者能够正视上塘人心理、情感、精神的软肋，敢于向深沉的人性致敬。可以说，这部作品乡村叙事从城乡对立、田园想象、苦难渲染、妖魔化城市、底层受难想象等讲述习惯和写作俗套中解放出来，把社会启蒙主题提升到了人性启蒙的新层面。

《吉宽的马车》: 诗性思考的形式

　　大连女作家孙惠芬自 20 世纪 80 年代开始文学创作，二十多年以来，其潜力与韧性惊人，写作不辍且勇于创新，先后创作数十部中长篇小说。其作品平易而不粗俗、精致而不雕琢，既展现历史现实，又深入世态人心。《歇马山庄》与《上塘书》表现出了她驾驭长篇小说、表现灵魂深度的能力，2007 年出版的《吉宽的马车》更是大放异彩，引起评论界的广泛关注。该作品以吉宽这个懒散、自由的车夫作为横穿时空的叙事经纬，农民工、老板情夫、公司副总的多重身份使之能够自由地穿行于三教九流与城乡的两极世界。他不懈追求生活的幸福，探求生命的真理，而最终得到的却非生活意义上的成功与失败，而是对生活残酷真相与生命荒诞本质的意外发现。

　　吉宽是作为一个欲望化的生命符号现身文本的。他虽远离人群，爱睡垄沟，喜欢聆听大地的声音，过着懒散、自由、恬静、怡然的生活，但却性欲旺盛，具有原始般的冲动与蛮力。他对未婚女子许妹娜有着狂热的爱欲与崇拜，一次意外的野合点燃了他进入并征服现实世界的愿望与激情，追逐并占有许妹娜是吉宽所有行为的动机与出发点，同时也是他生命的分水岭。米兰·昆德拉在《不能承受的生命之轻》中将崇拜并追逐女性者分为两类，一类是抒情的追逐者，一类是史诗的追逐者。前者企图在女性身上寻找自己的理想，实现自我主观性的表达；后者在女性身上寻找女性世界的多样性，实现把握客观世界的激情。吉宽正是两种女性追逐者的合二为一。对许妹娜的占有欲与支配欲刺激并内化了吉宽的创业冲动，对女性的崇拜使其产生了不可遏止的征服世界的强烈欲望；认识、把握客观世界的多样性是吉宽实现自己欲望化生命理想的前提、手段与途径。

吉宽在顺从自我欲望的同时，也背叛了自己的生活，将自己投向了未知之处——城市，从而使这个欲望化的人物的种种经历具有了发现性和历险性的特征。作品在整体结构上可以看作是"离家—探险—回家"童话结构的某种变奏，从这个角度上讲，《吉宽的马车》可以看作是一篇探险与成长小说。

吉宽外出创业的目的十分地直接、简单，无外乎娶妻夺爱，挣钱发家。开篇之初，作者按照创业的逻辑展开历险生活的形态、细节和变化。无论是建筑工地打工、歇马山庄饭店小憩，还是许妹娜家偷情，无外乎是一些凡俗场景与世俗生活的描述与刻画。但是从第六章"工地"开始，叙事已经不满足停留于庸常生活与世俗世界的表面，而是时有摆脱日常的轨迹与既有的逻辑定势，深入到生活和社会不易被人洞察的背后，或隐或显地接近并探查到现代人生活中被遮蔽了的真实。

这种真实的发现首先要借助于吉宽这个外来闯入者的感官见闻与莫名经历。如进城不久，吉宽就发现了四哥在家与城市之中的不同面孔与姿态，城市装修前砸墙的荒诞逻辑，以及对民工自发形成的利益群体的发现，和没有暂住证而被拘留的偶然遭遇等，这些都是吉宽之前闻所未闻、无法想象的。在以乡观城的过程中也会显现一些价值上的对比与观念上的差异，但是这种对比与差异是以现实生活中的已知反观未知，只是填补了他的世俗生活中见识的真空，使其知识趋于完整，对比与判断本身并没有超出世俗的层面，故此以吉宽个人视角、乡村立场，是不足以全面颠覆生活逻辑与现实秩序的。乡虽不同于城，但还属现实秩序的一部分，以乡观城并不能构成对生活本质性的价值参与和真理评判。存在本质性的揭示在作品中主要付诸感官与精神的瞬间强烈震动与反映，这种实现主要借助于以下两种艺术处理手段的交织运用。

其一是时而浮现的怪异意象。小说经常会摆脱习以为常的合理化场景的设置，出现一些难以名状、陌生恐怖的景象，或者与当下环境格格不入的自我意识。它们的陡然出现，给人造成巨大的感官与精神刺激，这种刺激是延续性、持久且难以忘记的。如吉宽初涉城市就感觉到怪异的奇景：

> 城市的日光是一块一块的，有着处处可见的边界，城市根本没有空间，它的每一寸空间都充满了声音。

日光的破碎、空间的消逝、边界横加等景象一下子偏离了日常生活境界，转到了日常与凡俗生活的背后。另外在涉足装修业后，吉宽短短的时间内又有了异常的意识——

> 城市在我眼里仿佛一座看不到方向的森林，穿行在森林里的我，犹如一直被猎人追逐的野兽。一天一天，我总是狂躁不安……

这些时隐时现的独特意象已不能够在城乡的差异中加以解释，因为它们是突现的，与现存景物迥然不同，它们不是源于对一个客体或纯粹性的背景性事物的夸张，而是来自于环境的突变与人的直觉，是接近真实的介质与媒介。但这些突然出现的意象往往转瞬即逝，意识又重新回到日常生活的情理与逻辑之中继续发展。当吉宽慢慢地接受了这个荒诞世界的蛊惑，自己进入了这个荒诞世界之后，一切就变得模糊暧昧起来。当他与外界环境的极度紧张、压抑、不安的对立渐渐缓解、消失之后，环境又变成另一番截然相反的景象：

> 路灯再也不像死人时打起的经幡了，一栋栋大

　　楼在我眼前再也不是大楼而是一张张笑脸，关键是，

一向嗅觉麻木的我，居然闻到槐花浓浓的香气。

　　在渐渐地失去了怪异感与隔阂感的同时，他拥有本能的判断与抵御能力也渐渐丧失了。由一个旁观者变成一个剧中角色而消融其中。直到最后遍体鳞伤、无路可走之时，才幡然醒悟，那些令人惊讶和警觉转瞬即逝的意象与启悟早已有了暗示与征兆，它们暗示了真实，征兆了命运。而日常的逻辑、规则与情理既为小说人物的行为选择所遵循，也是小说总体叙述环环相扣、得以完成的凭借——最终显现为虚妄。

　　其二是横空出世的陌生信息。相对于怪异的意向，这种横空出世的信息在作品中更具普遍性与弥漫性特征。以吉宽与许妹娜的情欲纠葛为例。二人在黄昏激情后确立了爱欲关系，吉宽进城后二人再次缠绵；但是许妹娜却突然说出"我许妹娜就是臭在家里，也不会嫁给一个赶马车的"。吉宽再次出现的时候，许妹娜却极度热情，走的时候还追出来说"你不窝囊，俺没说你窝囊"。当吉宽迫不及待把周国平嫖妓之事告诉许妹娜时，她却早知此事，还说"只有有本事的男人才玩小姐，俺认"。周国平将自己的艰辛坎坷向吉宽倾诉后，"那个盛气凌人、玩世不恭、胡作非为的小老板不见了，而是一个充满血腥、充满责任感的周国平脱颖而出"。而后，许妹娜又突然说出周国平在婚前没有碰过她，婚姻的不幸源于吉宽的过激行为。最后许妹娜猛然领悟所谓的黄昏激情只

不过是一场强奸。而吉宽在反思后意识到"要是别人那样，你也肯定不会反抗"。他们之间自始至终没有爱情，而只是互为媒介，慰藉着自己孤独的灵魂与喧闹的躯体。两情相悦的情事最终还原为一场放荡与滥交、强奸与顺奸的嘉年华，拯救受难女性的行为最终导致了女性的受难。

作者在叙事中经常出其不意地突出一些颠覆性信息，打断了既有的叙事线索，构成了对之前逻辑的颠覆与消解，将叙事引向他处，同时也引向纵深。诸如此类的修辞方式也出现在其他的人事之中。黑牡丹竟然让人强奸自己的女儿水红——但残害不是目的，而是发泄嫉妒的手段——水红被强奸并不是林榕真抛弃她的理由，而是因为水红的房间还有别的男人；林榕真出事后推得一干二净的宁静，竟然成为井任夫的情妇——而身为情妇的她竟然为未救林榕真受尽良心的折磨；清纯拼搏的杨蓉竟然有过梦魇般的情感经历——这样的女子却出人意料的是同性恋；"我"领小方去找小姐，竟然被黑牡丹暴打；三哥和周国平后来竟然去搞传销；老虎竟然知道林榕真死前所托他之事；大姐不同意大哥和二嫂的婚事竟然是出于自己的私利，而住在城市里的大嫂竟然是想不到的贫穷；原本对黑牡丹恨之入骨的李所长竟然与之合伙一起做起了买卖。我们看到的和意识到的永远只是冰山浮在水面的一角，平静的生活与面孔之下藏着令人恐怖的黑暗似的巨大实体。真相与正义的天平不停地左右摇摆没有了时。众生喧哗式的讲述不是使事件更加澄明，而是愈加混乱，因为小说本身的叙事方式就已经预设了无尽的欺骗、诡计与背叛。真相被分解为由无数人掌握分享的成百上千个破碎相对的碎片，所有人的讲述都是片面的、被取舍的、不完整的，甚至经历者也无法辨明所经历的一系列事件的本来面目。

作者以独特而高超的艺术技巧设置着意象，编织着故事。意象与故事在这里是"事物在发展过程中的转机"，作者正是要通过生命"在面对这种转机时的瞬间反映，揭示和发现人在那个瞬间的心理秘密、精神走向"①。这种表现手法不是一般修辞意义上的引人入胜刻意经营，而是作者把握事物、处境与人物不可把握的本质而采用的一种修辞手段与叙事策略。突现的意象与信息在文本层面，破坏了上下文之间联系的紧密性，造成了叙述的停顿、中断与转折，在文本直射的现实层面上，给予了震惊体验的方式，让心灵的震惊与思想上的警醒共生于意象的凸显处与叙事的突兀点。陌生意象与颠覆性信息遥相呼应，彼此证明，互为隐喻。这种情节的断裂与叙事裂缝，使生活偏离并突破一般性的逻辑和既有的思维定式，从而摆脱那些获得普遍认同的、形成文化潮流或主干的社会思想的种种约束和束缚。产生感受的深度、反思的距离与批判的力量，使人洞见遮蔽在现实表象之下的生

---

① 孙惠芬、周立民：《懒汉进城——关于长篇小说〈吉宽的马车〉的对谈》，《文学报》2007年7月12日。

活的残酷与存在的真实。这种真实最终使道德、正义等范畴的有效性迅速丧失，并消弭了城乡的区别与贫富的割据与两极对立，变成了对存在残酷的本质的同一性发现，就是屎壳郎与西西弗斯式的存在的悲剧：

> 不管是我，还是我身边的民工，还是大嫂这样的城市人，我们都是那个犯有罪行的暴君，需要在地狱里没完没了地推着石头，也就是说，在地狱里没完没了推着巨石是我们每个人的命运。……我眼中的屎壳郎都是城里人，因为乡下人在我心里早就是了。……让我想起了宁静，她是不是也和我知道的这些人们，也是屎壳郎，也是受刑的西西弗斯。

追求与失落是吉宽探险经历的整个过程中的关键词。有着《昆虫记》中昆虫般心灵的吉宽，为了抗拒现实中的匮乏，而努力实现一个世俗性的愿望与理想，在创业的道路上，至死不渝地表现自己的力量，在认识自我、实现自我的过程中却出其不意地失去了自我，探险性的经历对他而言不是自我的实践而是演变成自我的可望而不可即。"如鱼得水，却不小心被甩到了岸上"是他对自己生存状况准确而生动的证悟。在没有生命成功者的世界中做成功的追求者，努力的结果是不言而喻的。吉宽在放纵和毁灭、冒险和噩运中，逐渐认识到世界的真实，世界是荒谬、破碎、非理性甚至是神秘的。痛苦并不来自于与个体相对的自然与社会，也不是简单地源于城市本身的压迫，而是来自于人自身创造物与追求物的压抑与束缚。人在追逐天堂的时候，同时也为自己挖好了坟墓。西西弗斯式残忍生活本质的发现使作品在感性形式之上获得了形而上的寓言性，使一部表面看来现实主义的作品有了现代主义的意味。

孙惠芬本人对茨威格、卡夫卡、普鲁斯特、福克纳、劳伦斯等西方现代派作家有着特有的钟爱。作品中的现代意识无疑与这些现代派作家的作品有着某种联系，但作品表现出的现代意识并不是简单的对西方现代文学的艺术处理方法的刻意模仿与整体移用，而是根植于现代中国人的内心与社会历史的现实情境。在某种意义上，孙惠芬是一个诗人，她"处于一个与他个人的历史相平行的位置，它并不是创造什么，它只是发现"①。孙惠芬不是创造、模仿了已知的现实与艺术，而是发现了现存历史中未被人发现或认识到的未知领域，洞察到公平欠缺与价值多元的中国当下社会中人的存在状态与生活本相。洞察之中蕴含着反功利主义的价值判断。全文无不寄托着作者对理想诗意生活的追求：

> 林里的鸟儿，
>
> 叫在梦中；
>
> 吉宽的马车，

---

① 米兰·昆德拉：《小说的艺术》，上海译文出版社，2004 年版，145 页。

跑在云空；

早起，在日头的光芒里哟，

看浩荡的河水；

晚归，在月影的影子里，

听原野来风。

《金角鹿》：光彩闪耀的时刻

阅读这篇《金角鹿》仿若胜利地完成了一次心满意足的丛林探险，尽管是那样的艰辛而不易，然而收获的却是对于不同于日常社会人生的另一种一直被我们人类所忽视的更为重要的自然现实的关注。在我们看来那响彻山谷的鹿鸣是如此的遥远，野猪母子在自己的乐园里撒欢打滚是如此难以想象，由山矢车菊、三叶草花、风信子、虎耳草花、野茉莉、山菊花、铃兰花、藜花、鸢尾花、美汉草、延龄草、高山杜鹃、绣线菊、繁缕、草芍药、东北大戟、笔龙胆、荷清花、平贝母等竞相开放编织的花的海洋是如此的精彩，非虚构的《金角鹿》似乎在为我们"虚构"一个自然传奇——长白山林中的万物都似精灵般让人心生欢喜之情，然而，这一切对于作者胡冬林，还有那些世代的猎人、护林人、寻山者、跑山人来说，就是他们生活的日常。当我们普通读者感到新奇时，说明我们正在与大自然渐行渐远。人类在称霸地球之后就将自己高高挂起，原本是自然一部分的人类不断将自己区别于自然、抽离于自然，当自然被陌生化以后，人类也渐失本性，罗马尼亚女诗人布兰迪亚娜曾写过一首诗《你从未见过蝴蝶的表情》诉说的正是人类之罪："你没见过蝴蝶见到我们时的表情，你也没见过风经过我们身旁时向草发出的信号，假如我猛地转回身，树枝会愣住不动，等我们一步一步走远。……万物一定知道些什么，只是对我们隐瞒。也许我们都是罪人，高昂的代价早已加在我们头顶。"《金角鹿》唤醒的正是我们对大自然一点一滴的关爱，包括一只蚂蚁的眼泪。面对今天日益严重的生态问题，胡冬林沉痛写到："到2030年，还将造成两千三百万种动植物物种从地球上消失。然后地球步入第六次物种大灭绝。"再然后"可能就要轮到人类了。"

胡冬林以《金角鹿》记录下自己先后六次进入长白山林、探寻鹿迹的亲身经历，在这个过程中，他收获了自然生物对他的礼遇，也遇到了各色唯利是图的盗猎者，聆听了老猎手、老鹿王的悲壮故事，也看透了自以为是的无知放生者。整篇文章的叙述设定了"我"和"向导"两个叙述者，不断穿插个人的回忆、故事、历史，不断跳脱出已有的时空线，使得文章呈现出错落有致的多声部、多重奏的话语效果。读者跟随着这种叙述节奏，时而因马鹿求偶场上的不见硝烟的呦呦鹿鸣之战而全情激昂，时而又被鹿母子温情脉脉的林间散步所吸引，时而又会为人类的不当放生而造成的遍山鹿骸骨而感到惊愕、羞愧，当读到老鹿王对战盗猎者纵身一跃时庄严肃穆崇敬之感油然而生，尤其是得知在作者的努力下长白山的最后一代盗猎者遭到了毁灭性的打击时又是那样的大快人心……这种不断被代入、不断被打动是阅读《金角鹿》时最真实的一种阅读体验，追其根源，这种体验的获得其实是源自作者所传递出的发自本心的"大爱"，这种"爱"纯粹而简单，是真正的自然之爱。与人类过度浸染了科技、物质、欲望的现代之爱相比，这种原始的依照自然生态运行法则而产生的自然之爱就显得尤为珍贵。因此，作者才会不厌其烦一次又一次进山追寻，才会不怕危险身临其境地感受山林万物的气息，才会不吝惜自己的笔墨将万物的光彩呈现出来。

在《金角鹿》中，作者将一切美好的语汇都赋予了大自然，这里既有对草木花果繁盛与华美的描画，也有对动物足迹、脚印的灵动、细致描摹，还有对鹿科动物为自然、人类历史所做出的贡献的赞誉，怀着爱与尊崇的情感，作者把至高的荣耀归于原始林中的万物，从这些叙述中你能感受到一股强烈的万物之美扑面而来。在星斑闪烁的丛林中，"一群小公鹿翻过山梁，个个头顶油亮亮的叉角，像一片落光叶子的小树丛。晚霞映照下，仿若五彩斑斓秋叶海洋中且沉且浮的珊瑚群"，随着这股潮涌，人融于自然之中而忘却自己，"像常见面却又不交往的邻人，对其略知一二，见面注目一笑"，"自觉不自觉把它们当成荒野中我的另一类血亲或引为同类、邻里……"这里作者所体会到的是一种万物共生的境界，彰显的是存在之本质价值。在文章的最后，作者描述了自己第六次进山主动与鹿群相向而遇的情景，近距离欣赏到马鹿那大而柔美、清澈精透、水润有神的眼睛，更被那干净、单纯、和善、人间难寻的目光所征服。作为一个生态环境的热爱者、保护者，作者以纪实的方式展示了自己眼中常见的长白山山林中的精彩绝伦的生态之美，这种美本就该存在于我们的生活中，然而在现代社会中它却只能是书写的传奇。

　　与生态之美的展现相对的是作者对自然生态遭到破坏的痛心疾呼，在《金角鹿》中这种呼喊是相对隐忍而克制的。作者并没有把自己置于一个道德说教者的位置而喋喋不休，也许他早就看透人类在破坏自然生态法则之路上越陷越深，他以打鹿胎的实例反衬出人类无耻无尽的贪欲，这种对母鹿最为残忍的戕害，已有五千年的历史，至今竟然未被禁绝，直到 2011 年在长白山还有；反观老祖宗一直珍视的仁爱、孝廉却并没有被当今社会中人很好地传承，两相对比，人的贪欲是多么的可怕。同时，作者还看透了人类的愚昧，在《金角鹿》中他讲述了一个鹿骨骸的故事，几百只人工饲养的梅花鹿被"好心"地放回长白山西坡，没有经过散养训练的它们最后全部死亡，作者震惊的不仅仅是这几百只无辜身亡的梅花鹿，更重要的是"人类妄图主宰大自然的愚昧"，而这种无知不是知识层面可以解决的，不是几次宣传、说教能够改变的。人、自然、天地是整个地球生态环境的有机组成部分，从远古时期，人类就以捕杀动物为生，只要生态能够保持固有平衡，万物之间的相杀相克是无害的。然而，进入现代社会以后，我们面对的却是一个不平衡的生态系统，我们需要的是相辅相成而不是相杀相克。《金角鹿》宣扬的正是这样一种人与自然合而为一的整体观，而不是在人与自然的二元对立逻辑中来谴责任何一方。因此，胡冬林的笔下没有连篇累牍的斥责与说教，反倒对于狩猎高手捕猎经验的描写是那样细致入微，对于与猛兽对抗甚至身亡的猎手又从内心充满敬意，这就使得读者从《金角鹿》中不仅能看到大自然的光辉，也能看到老一代猎人的风采，进而对盗猎者的卑劣行径感到痛心。

来到长白山林，胡冬林仿佛来到自己的后花园，他让我们每一个远离大自然的人都不禁拷问自己：我们对于自己息息相关又置身其中的自然世界，究竟了解多少呢？倘若你的答案是否定的，那么不妨你也开启一段寻鹿之旅，请来长白山林，这里的原始林暗香浮动，冷杉林如葱绿海洋，数不清的柳莺歌鸣响彻山谷，晨雾迷蒙，夏雨淅淅，冬雪皎洁，你还能感受到追逐动物足印的快乐，长白山的森林生态正在得到修复，"归途中我满心欢喜，脚下生风。今后，它们再不会有老鹿王的遭遇，都能活着，一代代活着，快乐自由。"大自然光彩闪耀的时刻正在来临。

重构精神场域：
新近文学动向的焦距辨析

近年城市文学中短篇创作

中国的城市文学是伴随着城市的兴起与城市文化不断成熟而发展起来的，百年中国城市文学发展的波峰浪谷与中国城市文化的盛衰荣辱是协调一致的，城市的生活与文化是孕育城市文学的摇篮与子宫，城市文学的繁荣与发展需要城市文化的积累和经验。无论是作为文学创作题材，还是文学研究对象，城市文学都被我们不断提起和反复讨论。与此同时，城市文学的经验价值与审美意识也不断处于反思和重构中，它既受文艺潮流与文学观念变迁的影响，也随文学对城市认知方式的改变而变化。在很长一段时间里，城乡意识形态一直是城市文学写作与评论无法绕开的话题。城乡结构及其多边关系是几十年城市文学创作的草蛇灰线，也是文艺界研究与评估城市文学的主要切入点与中心议题。之所以如此，一个重要的原因是我们习惯在抽象整体的逻辑认识论层面上把握和理解城市，常常将纷繁复杂的城市生活作为表象与浅层次存在，而力图在现代性、商业性、世俗性、底层性等与乡村文化相对或相关的文化论上抵达城市的物质内核和精神本体，并在同一性理解中对其做伦理化的价值判断。这其实是典型的本质主义的思考理路。这种在城市文学中重构与寻找派生一切的整体图式的思维方式毫无疑问是可疑的，而且相对于农耕文明和乡村文化的相对恒定不变和宁静缓慢，城市文化和城市生活本身就是流转不息和凝散不定的，它不存在较稳定的内在性和规律性，更何况 20 世纪 80 年代中期以后的中国社会也缺乏主导性和主流性的思想潮流，即便存在，它对日常生活的覆盖面也较为有限。在整体观与一体化理解模式下，城市中人与人、人与城之间的微妙关系难免会沦为神经末梢，不是悄然溜走，就是被掩入叙事盲区。城市书写由此变成了参照某种先验认识和已有观念的文化文身运动，虽不乏生动和深刻，却常常不能触及城市的肌理。可喜的是，近年来的城市文学的关注重心、叙事立场、思维方式已一定程度上摆脱了原有的模式与结构，努力呈现只属于城市自身的各个侧面与诸多角落，当然，它们不乏相关性和相通性，但常是各自为政，各行其是的。城市文学在不断的探索中有了对城市生活更为深刻复杂的体悟，并在反思与修正中逐渐确立了新的价值目标和书写对象，这种动向在近年来的中短篇创作中体现得尤为明显。

城市生活的网格化与多层结构决定了城市文学题材的多样性，其文本景观随着城市文学触角的延伸而不断拓宽，值得肯定之处不在于选择了崭新的对象，而在于其能对聚焦之物进行富有新意和深意的表现。吴君的《十八英里》是一篇视角新颖且较有深度的创作。作品讲述了二十年前居于社会文化中心颇受尊敬的教师家庭步入财富新贵的华丽庭院和奢豪大房后，面对已成为富翁的昔日不过是个体户的学生家长的心理落差和局促紧张。20 世纪 90 年代以来，中国城市崛起的历史与计划经济向市场经济过渡的历史是同步的，这个过程伴随着社会财富的持续创造和重新分配。社会物质地位与生活层次的升降浮沉创生出新的市民阶层与市民文化，也造就了特殊的心理样态和新的价值观念。多年不见的两类人重逢后的心理反差与精神对视，无疑昭示了文化价值的贬值和财富价值的增值。财富不但象征着富有与华贵，同时还能带来优良的教育和雍容的世派，它不仅提升着物质生活的层次与品质，同时也创造着品位高雅的文化生活。作品无意表现财富新贵的轻浮与傲慢，或是强者与弱者的尊卑贵贱，也没对知识匮乏者发家致富附以任何色彩，而仅仅表现了普通市民阶层对城市贵族生活的向往和可望而不可即。其所要揭示的固然是人的社会地位反转后的心理危机与伦理不适，但更在提示人们，旧的价值观念业已褪去，新的价值观念已经形成，城市生活的理想正趋于统一，无论身处哪个阶层，无论是否拥有知识，将物质的进步作为生存价值的标志已成为城市生活颠扑不破的真理。傅爱毛的《尖叫与裸奔》也是区别于大多同类题材的一个创作。高级女白领一直以游戏人生的态度与购买的手段消费着男性，追求着皮肤的刺激与感官的庆典，她秉持的生活观念虽与 20 世纪 90 年代卫慧笔下享受快感的蝴蝶尖叫式的两性观十分相似，但喧闹的躯体感官和另类的生活经验已远不如从前那般坚硬如铁，固若金汤。当应召男子西门春雪失去音讯后，她开始心理失衡渐至抓狂发疯，渴望真实情感的无意识犹如所罗门瓶子中的妖孽，一旦被放出就义无反顾地要实现自己的价值。生活的失范与精神的失常宣告了她所信奉的有性无爱的生活观的虚妄和破产。杨遥的《卡卡》关注的是基层公务员的生存秩序与职业心态。上级机关向下级机关借调人不过是一时之需，但每位被借调者都心存被选留和提拔的希望，又都同样会经历由心存幻想到灰心丧气的过程。正因为如此，上级机关工作人员私下仅用数字编码来称呼被借调人，毫无身份感的称谓隐喻了其身份与理想的无意义。整个作品表现了官僚体制下公务人员的犬儒心态和玩世心理。马拉的《阳台上的男孩》和曾楚娇的《老豆，老豆》关注的是城市空巢老人的情感危机与自处之道。亲人的陌生化诱发了独居老人情感的真空和心理的迷失，将陌生人亲人化是他们摆脱心灵困境的唯一选择。而老人对陌生人的情感诉求又常会与陌生人对老人的情感认知构成错位，这种错位因双方身份与需求的不对等而存在某种必然性，于是又引发新的交流障碍和岌岌可危的人际关系。

城市化在助推城市发展和扩大城市版图的同时，也成为几十年来城市文学叙事的核心事件和主要线索。对于城市化群体而言，城市化不仅意味着生存环境的转换，更意味着其无可避免地要以主动或被动的方式调整生活的价值观和方法论。城市化的过程是城市化人群在城市中确立存在感与主体性的过程，文化选择、文化调整、文化重构都是他们必然要经历的精神体验与灵魂实践，也正因为如此，城市化及其心灵叙事几乎占据了城市文学的半壁江山。自然，城市文学对之的倾心特别是对城市化过程中心理的震荡的关注无可厚非，但作家涉猎这一题材时，为最大限度地获取叙事张力与戏剧化效果，最大可能地制造出诗性的感染力，当然也受制于乡村美学与乡村价值本位观的影响，城市化过程中人与城之间的认同与共鸣少，对抗与隔阂多，甚至很多叙事被拉向了"血与泪"的文学之列。这不符合城市化的普遍经验，也强化了城乡间的观念分歧与价值对抗，引发了不真实的对城市文化与城市生活的评价。而在近年的创作中，这种艺术处理方式出现了松动，很多作品更倾向去表现城市化主体入城后自行其是的感觉。必亮的《外乡父子》以房东的视角观察作为租客的乡下人入城后日常生活的变化。作品中，没有城市人对外乡人的冷眼，也没有外乡人在异地的隔阂压抑和流浪情绪，只有逆境中衍生出的忧郁与迷茫，而这不过是整个经济下行中不断滑坡的生活困窘的流露而已。外乡父子不是作为城市流亡者的形象现身文本的，而是和城市人一样无可避免地成为社会发展大潮中的漂浮物，只能被动地左冲右撞地沉浮于动荡的经济潮流之中。凌春杰的《城里无桃花》写了旅居城市的乡下人在择偶过程中对纯洁质朴的乡村少女不可言说的乡愁。作品没对乡村人的冥顽不灵加以嘲讽贬低，更没有渲染城市女性自由开放的两性观，而始终在维护着一种缺乏明确价值判断的纯然自洽的叙事气氛。王棵的《雷木与桃桃》中，憨憨傻傻却始终有着刺激活跃生命力的乡村人在粗野环境中坚忍顽强地生长，最终脱胎换骨，脱离乡村生活惯性成为城里人。作者试图在混沌无知却不乏韧性的乡村人精神结构中寻找某种不易命名却可识别的强大精神力量，正是这种力量令他们无须任何过渡，也没有任何障碍地完成了身份的转化。文冰的《理发匠》中，城市男子与入城女子的重组家庭时刻被说不清道不明的阴影笼罩，女子虽已融入城市生活和新的家庭，但旧的情感与记忆无时无刻不追摄着她，使她不能享受纯粹城里人的轻松感和愉悦感。上述创作虽仍注重入城者与城市间的关系探讨，但并没有在紧张、冲突、分裂的线索上将它们关联在一起，城乡价值的差异性与不平等没有被强化，归属危机、异乡情结、身份缺失也是淡化和缺席的。外乡人不再作为闯入者与陌生者被凝视，而是作为城市人或准城市人被关注。

　　表达城市平静世俗生活中坚定的情感暗流是近年来城市文学作家倾心的又一主题。这类创作中，放任自流的生活都是柴米油盐和家长里短，此中寻不到宏大叙事的荡气回肠，觅不到善恶冲突的波澜起伏，没有浓墨重彩，只有杯水微澜，波澜不惊背后是心海的万顷波涛，流淌着的是灵魂深处的炽烈情感，精神的叛乱和感情的风暴在凡俗生活中蓄势待发，炊烟尽头正是硝烟起时。刘静好的《有时也泪如雨下》中，互为邻里的两位女子是生活和爱情的竞争者，她们互相猜忌、提防、欺骗，势不两立，势同水火，但真要分开时，却又发现了对方的缘分默契和闪光品质。作品洞悉了市民阶层精明世故中潜藏的天真与感伤。罗伟章的《细浪》讲述的是一个有关城与人的恩义与辜负的故事。在城中奋斗数十年的成功女性突然觉悟到，虽然自己通过不懈努力变成了令人羡慕的富足的城里人，但这是以青春的牺牲与容颜的消耗为代价的，自身未能与城市的精致世派形成该有的同构。横空而来的莫名心绪带来的是具有反抗意味的、持续不平的精神骚动。厚脯的《契阔》写了重病卧床多年的妻子对丈夫私生活天鹅绒般的包容和理解，她对丈夫离婚的选择淡漠如烟甚至积极推动，但丈夫心安理得再婚后，她却毅然自杀。不难推想，妻子淡定从容外表下朝生夕死的恐惧由来已久。王棵的《暴风刮过的铁幕》中，一对百无聊赖的情侣面对与己无关的突发事件，油然生出对生命价值和情感关系的深刻认知，迸发了永远在一起的冲动，这种感受近似于张爱玲《倾城之恋》中白流苏和范柳原在灾难中对彼此命运和关系的洞彻和选择。姚鄂梅的《某月十五日》表现了徘徊在江湖兄弟间的女子刻骨铭心的个人情感。作品的魅力不仅源自男性的友谊和青春的冲动，更来自欲说还休、欲罢不能的无功利的爱。朱日亮的《氓之蚩蚩》写了两名校工数十年的隐秘情感。他们约束而节制的关系与其超凡脱俗和不同凡响的真爱间形成了巨大反差，当然这也使后者更为醒目。马拉的《爱别离》表现了代孕女孩与雇主间的爱情。女孩对雇主以及自己产下的孩子充满眷恋与不舍，但是依依之情留下的不过是几道情感的波痕，最终选择的还是离开，放弃并不意味着懦弱与妥协，而是面对无法圆满的生活的权宜之举。必亮的《油盐酱醋》写一对老夫妻在日复一日重复的家居生活中体会到的平淡无奇却又相濡以沫的伟大情感。这些文本聚焦的都是城市中的心灵事件，叙事在寻常生活中展开，在舒缓柔和的音调中起步，但最终都会借助超越日常经验的非功利之心和超世俗的执着情感而取得动人平静的艺术效果。生活的核壳被挑开后，露出的是生命的内核和心灵的脆弱。作家们耐心地在文本中设计一个又一个引爆情感的方程式，导火索的燃烧平静而悠长，但爆发出的情感却震撼人心，它爆裂出的是灵光四射的生命火花，喷洒出的是顶天立地的个体人格和透彻人心的深度自我。作品的吸引力不是缠绵悱恻和滚滚红尘，而是电光石火般的感性生命和锋利劲捷的心灵冲击，即便如此，火热和创痛却又无须降温和疗救，心海的万丈波澜能通过自我抚慰与得失考量而归于平静与理性，主人公在纠结挣扎后无一例外地走向了舒畅与通达。这些作品能在自然流淌的生活的"静"与翻腾不息的情感的"动"之间寻到某种平衡，有着达观和通透，以及自觉的节制和分寸感。

近年的城市文学也流露出明显的先锋印记。相对于乡村的细小、自然、淳朴，城市显得庞大、时髦、华丽，追求别致陌生的先锋意识本身就和新潮时尚的城市文化相伴而生。1985 年前后的中国先锋文学的兴起，固然受文学本体意识的苏醒与异域叙事技巧的智能活力的影响，但作为一种有意味的形式，它本身就是新时期城市生活创生的新景观给国人带来的崭新经验和惊诧感受特有的感知方式和修辞手段。曾楚娇的《坟场》中，主人公如孤魂一般在失忆、逃亡、死亡的梦魇气氛中，在危机重重和回旋恍惚的迷途上漫无目的游走。作品格调虽类似马原、格非、余华、北村等前辈作家的先锋之作，但它并非游戏性与讹变式的，诡异的环境不过是怯于面对真相的阴暗幽冷的城市负罪者焦灼忏悔的心灵投影而已。卫鸦的《黑屋子》以悬疑和惊悚的手法表现了沉迷于无毒而有趣的婚外两性关系的男性的生活观及其遭受的惩罚。古怪乖戾和激情死亡营构出险象环生的文本气氛，生命终结于秘室成为沉迷于隐秘亢奋的床帏生活的主人公的必然宿命。林培源的《派生》中，主人公简生表现出对马尔克斯、博尔赫兹、萨特及其文学思想风范的极大兴趣和顶礼膜拜，受他们启发创作的剧本成为情节中的情节。简生经历的无法被证实的超时空体验暗合了先锋文学热衷制造语义空白的语法规则。他扑朔离奇和梦幻激情的经历隐喻了城市中的学生群体渴望超越却又害怕走出，渴望成就却又被禁锢的青春校园体验。

近年来城市题材中短篇小说基本上是片断性和速写性的小景观创作，少有窥一斑而知全豹的叙事意图和占据城市全景的雄心，也少有壮丽的时代图景和社会深度分析的洞悉力，只是借助从容的观察与充分的形象化，从城市生活的局部和细节来透视城市所蕴含的时代性与社会性。这自然受中短篇创作规模容量的限制使然，但同时也透露出城市文学写作的某种新气象。长久以来，城市文学对思维的迷恋超过了对现实的关注。当然，这不是城市文学的专属问题，而是中国当代文学写作总试图在文本中寻找和建构某种意义与正义的固有思维方式的流露。我们常用隔膜于城市生活的方式描摹和讨论城市，经常将城市文学作为复辟反城市或非城市情结的附庸和回声。荷尔蒙式的生活想象，人性的荒漠化描述，人性异化的道德批判等等，其实都是将城市作为映衬或是实现某些价值判断与审美意图的扁平镜子，也为大众文化与世俗文化实现商业化价值提供了契机和土壤。近年来，很多城市文学的叙事动机开始从肉身转向灵语，由原来与社会机制的外在变化亦步亦趋转向了与人的精神主脉相对应，从关注作为机器的城市的属性转向了体验作为生命的城市的脉搏。这种相对于 20 世纪八九十年代同题材创作的深刻变化，使城市文学很大程度上脱离了城乡意识形态的坚硬构架，摆脱了城乡意识黑白棋子式的博弈与角逐，抛弃了在病态异化层面上关注城市的偏见，更侧重城市空间的确定性中的个体生活的不确定性和个性化特征，更加直面复杂喧闹和枝叶横生的城市生活。这种新的选择不仅增加了文学文本随机应变的进入城市生活的能动性与可能性，同时也发挥了世俗意识形态清道夫的功能，对大众化与商业化写作意图起到了客观防护作用，为城市文学敞开了更多的可能。在这个意义上，近年涌现的部分城市文学中短篇创作可视为城市文学生长的一个印记。

李敬泽批评印象

　　敬泽先生长期供职于《人民文学》和中国作协，多年来，他写文艺评论，扶持作家、批评家，引导规划文坛方向，评定文学奖项，作为一位见证了新时期文学发展道路的资深文艺评论家，他对当代文坛的影响举足轻重。受未民先生之邀，有幸能把自己阅读先生文章的一点儿心得写上，作为晚辈后学，是十分荣幸的。敬泽先生对当下中国文坛熟悉切近，和很多作家有着深入交流，参与诸多作品的研讨与争鸣，对近年来的"底层写作""城市文学""80后作家和批评家崛起"等话题都有所关注和涉及，他的文字直达中国当代文学写作与评论的现场，并多关涉中国当代文学创作和发展的历史问题与现实困境，比学院派更能把握与倾听文学的脉搏与心音。敬泽先生曾这样界定一部优秀作品，即，"读者有安全感，知道走进去将遇见什么，那是由广博的经验、可以辨认的传统和令人信服的智慧构成的坚固或似乎坚固的建筑"①，我想，

---

① 李敬泽：《"天堂"探险者们》，2006年11月7日《文艺报》。

这里透露了他对文学价值认定的三个尺度——感知的切近性、自觉的传统意识、叙事的智能活力。

众所周知，中国现当代文学的创作长久以来以思想性与价值性著称，主流观念和思想意识对作品的影响和塑造非同小可，这不仅表现为作家明确的思想价值诉求，也表现在作家作品的阅读评价常以思想价值为尺度，这显然与中国传统的文以载道观念有很深的渊源。正因为作家对"观念"的关注度与期待高，所以，"对人性的具有内在性的思考和表达，在现代和当代文学中是一个偏僻薄弱的传统"①。"十七年文学"与"'文革'文学"的"主题先行"不论，就是新时期文学，也在某种社会主流意识和集体观念主导下进行创作。无论是宏大的历史文化主题，还是庸常人物的世俗生活，作家都尝试着从整体的宏观的社会意识、历史意识、政治意识的层面去关照和阐释它。"一个最普通人的日子，也总能很方便地把它和历史、文化、社会、政治等直接联系起来"②，这已成为中国文学创作的重要的症候。敬泽先生曾这样评价长篇小说《成吉思汗》，"把成吉思汗写成了中国传统里的开国帝王，完全是按照中国传统的帝王形象或者是在中国传统想象范围之内的帝王形象塑造的，我觉得完全不对。真正的

① 李敬泽：《内在性的难局——〈2011年短篇小说〉序》，《小说评论》2012年第1期。

② 李敬泽：《艰难的城市表达》，2005年1月2日《文汇报》。

成吉思汗应该是蒙古秘史体现的形象，那是中国或者说汉族主流的传统文化所不大说清楚的。"① 当下很多创作，观念大于实际，想象大于实存的症结正在于此。依靠某种既成观念，或者是文学史中已有的文学经验与技巧模式进行创作，成为很多作家文学写作的多快好省的方式和手段，这损失了作家的个性与作品应有的鲜活而充满细节的生命力。"小说不能没有生命、没有感觉、没有纵性任情的自由，但为了不在自由中溃不成军，小说也总是寻求确立起某种权利——这种权利在艺术上叫作结构、叫作深度、叫作自我意识。"②

对观念的过于依赖和亦步亦趋造成了文学主题的陈陈相因，以及想象的模式化与文本构思的程式化，很多作家对某种观念与文学史经验的依赖程度，已经超过了对现实关注的热情。以当下"城"与"乡"文学创作格局为例。当下城市生活已成为当代国人和作家生活的主体部分，但在"城"与"乡"两极文学题材创作中，乡村题材仍占绝对优势，二者不仅在量上不能等量齐观，而且在质上也无法相提并论。很多人在解释这一现象时，大都从作家的乡村出身和少年时的乡野经历中寻找原因，其实，有时是十分勉强的，虽然，童年记忆对大多数人都是深刻难忘和难以摆脱的情结，但对作

---

① 李敬泽：《寻求和确立我们自身的文化特性》，《文艺广角》2006年第1期。

② 李敬泽：《向平衡而去》，2007年1月4日《文艺报》。

家们来讲，他直面的生活与现实的诱惑、吸引力是远大于童年的。在我看来，造成这种状况的重要原因就是，当代作家在面对"乡村题材"时，能够在中国文学经验中直接寻找到可参考和借鉴的现成经验，这来自农耕文明的文化传统和当代工农文化的历史记忆。由此引发的问题就是作家面对崭新的生活经验与体验空间时，常常无法获得完整和自成一体的感受，将之付诸文字更是相当吃力。"在我们想象的乡村图景中，我们能够直接运用一些概念：苦难、人与自然与大地、历史、文化等，但是一碰到都市经验的书写，这些概念用起来就不那么直接、简便了，我们面对的是极为混杂、未经命名的经验，我们只好装作看不见。"[1] 很多作家为了摆脱这种经验虚脱症，也只能借助文学史的"通灵术"来凝聚四散奔逃的破碎感受，这走向了理想化的文学创作——"随时向新的创造、新鲜的经验敞开，这是个生生不息的过程而不是定理和公式"[2] 的反面。

中国的"城市化"在 20 世纪 90 年代起步，"城市文学"也伴随着"城市化"的发展不断拓展自身在文学格局中的空间和地位，城市文学自应有相似于民国时期同题材文学的想象，但更多的是应直面中国当代"变乡为城"的历史

---

① 李敬泽：《艰难的城市表达》，2005年1月2日《文汇报》。

② 李敬泽：《没有敞开的姿态 文学是将死的》，《长江丛刊》2014年第3期。

进程，以及国人经历和见证"离乡入城"的真切体验与新颖感受。纵观近20年来的城市文学发展，我们不否认涌现出诸多优秀创作，它们的确深入城市肌理与城市人的信仰内心的深处，并对城乡结构性变革的历史进程及其文化心理反映有着真切深入的把握、洞察，但从整体上讲，身处城市化变局的中国作家的城市书写仍在前"城市化"时代的"城市经验"与"城市认识"的延长线上。20世纪90年代的城市在"新生代"笔下常被描绘为"腐朽而堕落"的，新世纪的"底层叙事"常以"阶层的对立"来建构城市，此中或显或隐地含有了"中国左翼文化"的思想立场与想象方式。可以说，这并非文学原型的变体和手法借用的简单问题。已经与城市化摧枯拉朽不相匹配的城市文学本身的想象力也是相当有限的，它们更多是以中国现代文化史上已经有了的"观念意识"来照亮"城市的现实"，这使城市文学创作陷入了机制的因循与构思的公式化困境。作家无法获取有效、真实、切近的城市经验来支撑、维系城市文学创作，让人看不到作家对城市应有的理解力，感到更多的不是通透而是隔膜，在很多城市文学的写作与评价中，"运行的概念和程序都有一个面对都市经验失效的问题，我们对此却缺乏自觉"[①]。很多"底层文学"作家，"连他悲悯的对象是怎么回事都没搞清楚

[①] 李敬泽：《城与乡——文学思维的危机和变革》，2005年7月7日《文艺报》。

也没打算搞清楚"①，在敬泽先生看来，真正切入底层的中国作家并不多，夏榆、郑小琼、塞壬、王十月是其中的代表。

互联网大众传媒的兴起和现代都市生活变迁下文学创作的处境与选择，也是敬泽先生关注的重要方面。互联网媒体的兴起提高了人际交流的效率，拉近了人与世界的距离，但这依仗的是冷硬的光纤，而并非鲜活的个体和世界富于诗意的充沛交流。与此同时，城市也被钢筋水泥构成的高楼大厦遮蔽了历史与个性，城市中绵密空间的切割分配把人的活动限制在点线之间，忙碌而喧嚣、狭窄而重复的生活消耗着人的认识力与洞察力。"伴随着互联网、大众传媒、迷宫般的道路和建筑、丰盛物质和庞大的人群的现代城市中，辨认一个人，看清他的内在生活和他与他人、与世界的真实关系，具有巨大的难度。"②传媒与城市使人们认知自身与世界深广度的能力下降。在网络娱乐成为人的现实欢乐的重要来源，以及都市给人以便捷和便利的同时，也带来了封闭与满足。人们与周围的人事保持着诗性联系的兴趣与冲动消磨殆尽，精神生活日益灰色、消极、耽溺，与文学创作密切相连的自由激情和超验想象受到了相当的限制。"现在很多人天天通过刷微博看世界，天天谈底层，搞民粹，可连他家保姆

---

① 李敬泽：《答〈文艺争鸣〉问》，《文艺争鸣》2009年第5期。
② 李敬泽：《奇迹、心中囚徒——当代小说的城市"探案"》，《文艺争鸣》2009年第6期。

的生活都不了解。行动的愿望和能力严重匮乏，知识分子面对社会是懒惰的，而且安于懒惰中不可自拔。"① 网络传媒中的庞大信息固然可为作家创作提供诸多素材，但它们也是空泛的、趋同的、建构的、二手的，与明心见性和追求新鲜陌生的文学创作价值有相当距离。像近年来余华的《第七天》、邱华栋的《正午的供词》都是借助媒体报道来建构文本。它们受到批评和诟病的重要原因，就是对媒体信息的过度借用和与之僵硬的对应关系，缺乏相当的积累、足够的体验、必要的艺术转化过程。敬泽先生对传媒时代作家感受力与热情的消退充满担忧——"我能断定他基本上是依靠报纸和电视去想象世界的，一进入细部、一进入人物具体的动机和境遇就露馅了。他根本不了解。"②

中国现当代文学经过几近百年的发展已形成了自己的传统，这个传统虽仍处于民族文学文化历史的大背景下，但它与西方的文化文学意识有更多的血脉联系，这不仅是广而共知的历史事实，而且长期以来是中国现当代文学创作与评价的重要意义指标。新时期以来，中国文学仍把紧随世界潮流当作自身的目标与价值，从20世纪80年代现代性建构的不断尝试，到90年代后现代语境的大面积覆盖，再到20世

---

① 李敬泽：《没有敞开的姿态 文学是将死的》，《长江丛刊》2014年第3期。

② 李敬泽：《艰难的城市表达》，2005年1月2日《文汇报》。

纪以后，随着中国作家对西方文艺奖项的关注度与向往不断提升，很多人的创作在思想技巧上都有意迎合或配合西方文化立场与文学价值。敬泽先生认为，"为自己写，为全世界写，都没错，但首先还是要为同胞、为我们生活的这片土地而写。""在国际化背景下，作家对自己民族的语言、经验和读者的忠诚显得尤为重要。"① 正因为如此，他将莫言的《生死疲劳》视为对中国古典小说致敬的伟大作品。认为它"让我们看到一种可能性，他重新接通了我们民族伟大叙事传统之间的活生生的血肉联系。"莫言的志向"不在于判断车轮正确还是公路正确，他只是意识到，那种向着什么地方前进的公路式的图景无法综合、贴切地表达中国人的经验，面对历史和现实及人心"②。对本土经验与文学传统重视所引申的问题，就是需要对不断否定过往和不断求新的文学意识与文学评价尺度的反思。从"五四"开始，文化文学就始终处于一个不断"革命"的逻辑语义中，从最初的"革命文学"对"文学革命"的反动，到"'文革'文学"对"十七年文学"的否定，到 20 世纪 90 年代后研究界不断以"后"来命名各种文学现象以期与 80 年代的文学潮流作以切割和区别，再到 2000 年后"新世纪文学"不断试图获取自身的主体性和

---

① 李敬泽：《没有敞开的姿态 文学是将死的》，《长江丛刊》2014年第3期。

② 李敬泽：《"大我"与"大声"——〈生死疲劳〉笔记之一》，《当代文坛》2006年第3期。

独特价值中，我们可以看到，每一个阶段的文学都将自身视为更高的价值并否定前一个文学阶段的价值。"求新"是任何一个民族文化建设和文学创作的理想，但任何创新都须在民族文化传统下进行，且在特定历史时空维度中，"创新"的空间是相当有限的，无论这种新的事物与素质有何力量与效果，都必须在传统背景下展开。可以说，中国现当代文学发展中的不断求新的文学意识造成了对"文学传统"不断否定漠视的文学传统。"按照这种逻辑，我们把文学以至文化想象成什么东西了呢？想象成每一代人都另起炉灶重新开始，想象成不会有任何积累、传承，不会有持久、基本的价值和标准，不会有'交流'和'对话'，不会有'学习'和'教育'，有的只是时间对一茬茬人的绝对囚禁和无情收割。"① 有鉴于此，在文坛不断扶持 80 后作家和批评家，并试通过代际变迁、教育背景、成长环境、文化秩序等内容范畴对其特殊性与超越性进行命名和定义时，敬泽先生则认为，"一批新人出现了，但其实没有出现真正的新事。"

不难看出，敬泽先生的文学评论始终关注文坛的热点和前沿话题，而其文学评论持有的立场更多是反思性与批判性的，针对的是中国文学当下创作的局面与困局，其对象既有历史观念意识的影响牵扯，也有新的生存环境与创作生态

---

① 李敬泽：《关于文坛"80后"评述两篇》，2004年11月16日《文艺报》。

带引发的新问题。敬泽先生对诸多文坛积弊与写作困境的批评经常一语中的，论断准确，而且药开得也够分量。在他看来，中国作家要有所成就，有所作为，就要直面这一困境，要有对秩序的厌倦感与不妥协的痛苦感，要有那种被他多次提及的"奔跑的狐狸"式的智慧与理想。"小说家需要热情、信念、洞见。"①"他游于世界，像一个好奇的鉴赏者，目光细密，角度多端，他的本事在于化简为繁，呈现人类生活的广博多姿、暧昧难明。"②创作是避简求繁而非避繁求简的，这才能真正与世界的生动性与活跃性相匹配、相般配。

---

① 李敬泽：《捕影而飞者》，2006年3月23日《文学报》。
② 李敬泽：《本质性的"现实"叙事》，2004年4月6日《文艺报》。

"中和之美"之于文坛的意义

"中和之美"是中华美学精神的组成部分，其强调情感的表露要自然而然、居中克制、恰到好处，悲喜不要过度，情绪不宜宣泄，艺术表达与审美诉求尽量处于平衡、和谐、圆融的格局和状态中。在传统社会里，"中和之美"既是艺术的创作原则，也是生活的伦理准则，体现了儒家文化秩序中文艺观和道德观的统一。今天重提"中和之美"，不是要在官方的文艺倡言中寻找可靠的艺术法则，也不是对中国古典美学强加新意，而是在于其与当下凡俗生活本相的同构性，在于其与当下中国文化境遇及大众心灵感受的脉息相通，在于其有对当下文学创作某些消极惰性倾向的平衡抑制功能。

首先，"中和之美"切近当下日常生活经验的主体部分。文学是现实的镜像和反映，文学是历史处境与社会精神的折射，有什么样的时代气氛，就有什么样的文学基调。文学的审美取向始终随社会机制的外在变化而变化，始终随社会主流现实的变化而变化，当然不乏旁逸斜出者，但毕竟是少数。一个多世纪以来的中国文学并不缺少激烈狂暴和强悍血腥。五四时期，中国文学借助悲剧叙事对封建文化与传统生活进行强烈控诉，虽然很多指控今天看来并不真实，但非如此，不足以扭转强大的文化惯性和思想惰性。抗日战争时期，中国文学充溢着大灾难与大悲哀，这是民族苦难和不幸历史的真实写照。新时期之初，文学通过付诸"血与泪"的书写完成了对"左倾"时代的全面认知与彻底剥离。而今天，中国在经历了改革开放初期的思想震荡与观念不适后进入了平稳有序的发展期，社会变革的步伐虽从未停歇，但改革是温和渐进式的，罕有社会结构的大幅调整与价值观念的剧烈变迁。无可否认，任何一个时代都不乏悲欢离合，任何一种生活都不能完美无缺，但在平衡和平稳的社会大格局下，生活不再是荆天棘地和虎狼扑面，经历的大多也不是惊心动魄和生死抉择，大爱大恨、大起大落、大喜大悲、大善大恶是极端化体验。"暴风骤雨"与"疾风劲雨"不是感受的普遍状态，"和风细雨"和"微风小雨"方是生活的主旋律。固然，人生难免有波折不平，情感也必会有波澜起伏，人格也要顶天立地，批判的锋芒也自不可缺，但就中国社会生活的主流气质而言，横眉冷对、歇斯底里、咬牙切齿明显是不自然和非常态的。中国传统美学在 20 世纪失去影响力的主要原因是因为它丧失了阐释力，不能全面而有效地诠释现代中国社会的生存体验。今天我们重提"中和美学"，不是要在文学创作中建构生活的应然状态，而是它本身就切近生活的已然状态。以中和美学直面人生，钩沉世态，能较为准确地融构当下的存在经验，在某种意义上，它是一个通向"中国故事"的路标，凭借它，文艺更容易到达"非虚构"生活的临界状态。

其次，"中和之美"符合当下大众的审美习惯。中和美学是中国传统中庸文化心理与审美意识的有机组成，无论我们在思想史维度和价值判断上如何评断它，经过漫长的历史演化，它已沉淀到民族性格和文化心理的最深处。中国人的思维方式、行为逻辑、审美喜好讲求含蓄、适中、平稳，不喜狂放、愤激、极端已成不争事实，它是中华民族性格中的超稳定部分，而当下中国社会生活与伦理生活的日常性与渐变性又巩固和强化着这种心理。应该说，"中和"的思维逻辑在很大程度上已经成为百年来中国对西方文化接受的心理前提之一。近代以来，西方的思想文化与美学观念不断传入中国，使中国的知识分子感受到了全新的知识，像弗洛伊德的精神分析学说、叔本华的唯意志论、尼采的超人哲学进入中国都比较早，对文学创作的思想内容与形式选择也确有影响。但在 20 世纪的中国文学创作中，真正将之作为精神资源与表现对象的并不多。究其原因，不是因为这些理论学说缺少系统性和解释力，而是因为在中国这个伦理本位的国度中，人们的情感欲望和生命诉求多在理性的、伦理的、秩序的规范约束之下，根植于绝对意志与强调生命本位的美学思想与中国人对社会人生的理解体验有相当距离甚至彼此矛盾。毫无疑问，付诸象征体系的营构和意义表达方式的选择的文艺创作不仅要贴近社会，而且要切近心灵；不仅要有思想的张力，而且还要有精神的深度。一些文艺创作固然可以通过欲望煽情与极致人格书写产生的强烈风格而获得某种吸引力，但其影响只能是暂时性和有限的，因为它的本质是刺激性的和消费性的。真正不沉于时间渊薮的富于成就的文学都是关注人的生存，歌颂人的作品。这类创作有对人的价值生活和伦理处境的深度关注，有对人的存在的发现与询问，有对群体意识的体察和共性精神状态的从容抚摸。在这个意义上，"中和美学"更符合国人的审美习惯和欣赏心理，它与当下中国人的心灵生活天然凑泊，与大众生活精神主脉互息互通。自觉贯彻中和美学的文艺创作传递的观念和经验，可以令艺术创造者和接受者分享共同的情感与理念，获得真正的共鸣和相似的联想。这种艺术力量带来的不是隔阂陌生或是与现实经验的巨大反差，而是自由自在、持久动人的审美愉悦。

最后，"中和之美"有利于抑制当下中国文学的某些偏颇。虽然，21 世纪以来的中国文坛出现了诸多新气象，中国作家接连获得有分量的国际奖项，文学创作与阅读的渠道更加多元化，中国文学的国际传播速度更广、更快，但毫无疑问这并不是个令人满意的文学时代。在我看来，中国文学的一个主要问题就是摆脱不了文学惯性的牵扯与羁绊，这有诸多表现。比如，中国作家习惯在"暴力""血腥""非理性"的维度中想象和虚构历史。曾几何时，莫言、余华、苏童、格非等人的新历史主义的先锋之作，给中国文学的历史观和历史意识带来了根本性的解放，使中国文学的历史叙事逃离了历史本质论与整体观的先验牢笼，极大拓展了文学表现历史的深广度，但今天，此类历史叙事已经司空见惯、俯拾即是，它不再是一种觉悟的洞见和美学的开拓，而是一种因循与新的模式化。再比如，中国作家习惯在受难和失贞的情感经历中表述乡村人的"城市化体验"，在"另类的生活"和"极致的情感"上表述"城市经验"，这其中就有根深蒂固的农耕文明的乌托邦情结和"十七年"文化反感和厌恶城市的无意识影响。此类文学观念相对于时代精神无疑是滞后和错位的，毫不客气地说，今天很多作家还停留在 20 世纪 90 年代文学观念的理解认识水平上。而上述两类文学创作的倾向又显然与文学商业化相交媾，因为残缺的、暴力的、非常态的、审丑的文学比其他类型文学更容易满足大众阅读的趣味与期待。当下文坛，无论是文学观念上的陈陈相因，还是创作意图上与商业文化的亦步亦趋，都要借助血泪涕零的悲戚煽情、正邪价值的激烈对抗、高潮迭起的戏剧夸张、自我撕裂的感官本能以及疯狂诡奇的文本格调来实现，这明显与习见的日常生活相抵触，意识偏见与美学偏执不证自明。"中和美学"有抑制当下文学创作惰性的能量，以其为原则和参照进行艺术选择和艺术升华可以创生出敦厚平和与豁达俊逸的审美韵致，能在叙事的奔放与理性的约束间获取某种平衡，能规范和治理文学创作中失之节制的欲望写作与个人化倾向，能对那种通过戏剧性情节获悉的历史观与生活观的简单认知有所牵制，能赋予当下文学创作以自觉的分寸感和节制感。

以平常开放的心态弘扬中华美学精神

弘扬中华美学精神是全球化背景下新一轮民族文化意识强化的表现和文化自信的题中之意。如果说，中国传统文化意味着生于斯长于斯的温暖家国的话，那么，中国传统美学则同样是可以信赖和依赖的美学根系。

首先，中国传统美学对一个世纪以来的中国文学的营造影响重大。虽然在 20 世纪初之后的很长一段时间中，中国在文化上失去了与西方的对等地位，中国文学也开始倾向在西方文化文学中汲取营养，但文学创作与文化传统、审美传统截然断绝关系是不可能的。中国传统美学是中国文学的审美母体，它与生俱来，如影随形，挥之不去。其影响更多时候也是大音希声、大象无形的，我们往往能够感觉到它的存在，却不易廓清其轮廓。应该说，百年中国文学创作史上，中西美学的隔阂并不像中西观念冲突那样醒目和突出，它们的分歧很大程度上被悬置了。中国作家虽然普遍缺乏在文学创作中转化和传承中国传统美学的清晰意识，但也并没有去有意地抵制消解中国传统美学的象征体系和意义表达方式，他们多不为古今美学规矩所锢，将中西美学共同视为艺术的富矿，各采所需，各行其是。在文学史脉络中有诸多渗透着中国传统诗学意图的创作可以列举。像《红楼梦》对百年中国文学的持续性影响，浙东文化对鲁迅的影响，传统诗文抒情境界对沈从文的影响，"才子佳人"小说对"革命小说"与"革命历史小说"的影响，唐诗意境对苏童的影响，明清白话小说对阿城的影响等等。从 20 世纪 80 年代走过来的中国作家所选择的美学道路很多都从面向西方转向了回归传统，格非先生就最具代表性。如果算贡献率的话，中国传统美学在 20 世纪中国文学发展史上的贡献并不低，影响也重大而深远。

其次，中国传统美学的提倡要遵循自然选择的逻辑，而不是将之视为优先选择和竞相效仿的目标。一种美学介入文学生产绝不等同于简单的艺术操作，必然涉及美学自身的魅力问题，决定其健全功能和生命力状态的是其在文艺实践中不断询唤现实的能力。与源于宗教和科学的西方美学有很大不同，中国传统美学注重现世精神，强调艺术的人生化和人生的自然化，与中国古代伦理学存在诸多同构，伦理的边界往往就是审美的限度。因而，只要中国传统的伦理观念与精神风尚还是公众经验和群体意识中的稳固恒定部分，中国传统美学就必然与根植于漫长审美历史中的日常经验有诸多协调一致之处。像"以善为美""敦厚平和"既是中国传统的美学原则与审美喜好，也是大众普遍的道德追求和人格境界；自然、清新、含蓄的美学更符合时人对生活美和生命美的期待。中国传统美学不仅对日常生活的塑造有优势，而且对社会精神的提升有价值。"行道为善，乐道为美"就蕴含着丰沛的人道意识与自由精神，可为文学写作注入责任意识和个体信仰。"中和美学"的"发乎情，止乎礼"对当下文坛欲望叙事与人性宣泄的过度倾向也有平衡抑制作用。自由和谐是美学精神的本质，也是中国传统美学的核心素质，更是我们重提中国传统美学的价值所在。不是我们要在文学创作中贯彻中国传统美学，而是中国传统美学的基因就潜藏在我们的生活和心灵里，当我们表现已经成型或还没有形成的生活和心灵的自然状态时，中国传统美学也会自行进入文学生产的特定位置，以某种功能和素质参与到文学写作中来。

最后，要树立不断发展和开放包容的中华美学观。只有能够不断地借助自我调节和自我发展适应不同时代诉求的美学才拥有长久生命力和自信心。从来没有一个一以贯之的民族文化和民族美学，中华美学相对完整但并不封闭，它与民族文化一样时刻处于选择与重构中。在曾经很长一段时间里，中国传统美学的影响力弱化甚至沦为"博物馆美学"，主要是其无法充分诠释新的复杂的社会情境，特别是那种与传统生活迥然有别的动荡历史中的生命感受与心灵体验，为此我们只能在西方美学中寻求资源与凭借。而这又成就了新的美学经验，我们逐渐意识到了，中西美学虽有不同的传统和流脉，但却是互渗和互惠的。像"托物言志""意境深远""形神兼备"与西方浪漫主义和象征主义美学就有相通之处；"书不尽言，言不尽意"与接受美学的"召唤结构"亦有相似之处。中国传统美学"以和为美"的"礼乐精神"虽不乏优美适度但却缺少悲悯情怀和个体意识，而西方美学中普遍存在的对自由、激情、反叛的肯定和对超验的浪漫想象的特殊素质恰是这种缺位的有益补充。另一方面，我们要承认，中国文学百年来对西方美学的接受和转化主要不是按照欧美的文化观念和审美精神建构出来的，而是中国自身历史情境中的中国主体的思想文化和文学审美反映，它今天已经成为中华美学的精神传统和血肉组成。因此，弘扬和传承中华美学精神要淡化古今维度和中西标准，强化美学的实践性与包容性，唯有如此，中华美学才能获得吐旧纳新的更新能力和海纳百川的美学气度。

作为写作的文学批评

文学批评可以有多种情趣格调，可以有多个维度取向，可以有多个路数选择，并没有莫衷一是的"文学批评的正义"，或是被"奉为圭臬的批评法则"。我们可以罗列出多个与"作为写作的文学批评"并立的命题，像"作为研究的文学批评""作为政论的文学批评""作为时尚的文学批评"，不一而足。但我想，"作为写作的文学批评"，应该是今天有理想的批评家应该追求的评论状态；应该是有天分的批评家应该达到的批评境界，因为文学批评的对象是文艺。毫无疑问，无论秉持何种批评立场，批评家都应该是懂艺术的，都应该有相当的"艺术感悟力"和"艺术领悟力"，这是专业读者和普通读者的重要区别之所在。在这个意义上，"文学批评"应该与"文学写作"形成某种同构。

首先，"作为写作的文学批评"应该拥有无法遏制的驱力与冲动。文学写作是有驱动力的，有的是规划历史的驱动，像茅盾的创作；有的是经济效益的驱动，像通俗文学的创作；有的是个人情结的驱动，像郁达夫的创作。作家在写作中经常会受那种感觉到在人与世界的关系中，我们是本质的东西的驱动，甚至有的时候作家能够感觉到它的存在，却无法准确地勾勒它们，也无法自控。这种冲动就像茨威格在评价尼采时谈到的那样："音乐闯入尼采的内心世界，是包裹他的生命的语文学外壳，那种学者式的冷静开始松动，整个宇宙被火山爆发般的冲撞所震撼和撕裂。"一个批评家应同样要有这种披肝沥胆的渴望，应该同样要有这种热烈的不可遏制的述说冲动，有把自己垒进文本世界去感受和体验的自觉意识。

"作为写作的文学批评"应该有强烈的自我和个性。文学写作的一个重要的价值标准就是要有个性，因循化、模式化、重复性的创作常被认为是没意义或是次等的，我想这个标准同样适用于文学批评。其实，独特性仿佛是文学批评的题中之义，但是真正获得文学批评的个性，不重复别人，亦不重复自己，是有相当挑战性的。时代赋予知识分子的价值观和审美能力都大致相同。学院教育固然使文学批评者获得了系统清醒的理论训练，但由于知识内容和知识谱系的趋同性，文学批评中"异中见同"远多于"同中见异"。学院批评更习惯于用某种固定的知识去建构和演绎，更多时候切近的是理论，而不是作品，应该说，"强制阐释"一说并非空穴来风。与此同时，文学批评还要警惕"晦涩化"和"玄学化"倾向。现在有些评论让人读起来，就像"朦胧诗"刚出现的时候有人评价的那样，"叫人似懂非懂，半懂不懂，甚至完全不懂，百思不得一解，实在令人气闷"。在当下文学批评中，"晦涩化"和"玄学化"很多时候是有意为之的结果。鲁迅曾说："革命是叫人活的，不是叫人死的。"同样，"文学批评是让人懂的，不是让人蒙的。"王彬彬先生曾经举过一个例子，说现在的文学批评经常会故弄玄虚，说"一只小猫"不说"一只小猫"，而要说成"一只具猫的幼体"。包括"学术用典""语义倒装"等都成为文学批评包装的重要手段。用大家都知道的话，说出一个大多数人不知道的思想，是有效的文学批评；用大家都不知道的话，说出一个谁都懂的道理，恰是学术平庸的一种表现。文学批评与文学写作一样要用"朴实"和"信实"的语言。

"作为写作的文学批评"应该是创造性的。曾有人这样评价普希金的创作："他把自己的血化为红宝石，把自己的泪化为珍珠。"这其实是说，写作要融入作者对生命的理解和人格意识，同时这种融入不是简单的还原和复制，而是一种心灵内在的升华和超越，有着思想的原创性和艺术的创造力。写作是作家对生活和心灵的理解，生活和心灵的可能性是无限的，因而写作的可能性就是无限的。同样，批评永远是批评家对作品的解释，解释是无穷的，所以批评也是无穷的。因而"作为写作的文学批评"，要对作家作品的思想与艺术价值进行创造性阐释，要从本文上升到诗学，从形象上升到思想，从诗意上升到文明，从审美判断上升到生命哲学，文学批评不是漫无目的地徘徊在文学的复杂现象中。

"作为写作的文学批评"应该拥有驾驭思想情感的语言能力。普希金曾说："有两类毫无意义的作品，一类是用词语代替情感和思想的不足；另一类是由于情感和思想的充沛，却缺乏达意的词语。"作为一个批评家和作家一样，要永远面对语言和表达匮乏带来的挑战。鲁迅曾说："当我沉默着的时候，我觉得充实；我将开口，同时感到空虚。"可以说，对任何作家来说，将所要表达的东西通过写作完全表达出来，都是困难的。文学批评与文学写作一样，既仰仗知识观念和审美思维，也仰仗语言思维。准确地将思想情感转化为批评话语，使之既不丧失批评对象的丰富、复杂与真实，又能符合文学批评的审美要求与批评者的文字抱负，应该是批评家与作家同一的追求。一个有灵气的批评家，应该和作家一样，善于用语言去捕捉形象，去概括和抽象批评对象的特质，具有画魂的本领。像黄子平先生在评价林斤澜小说时用的"沉思的老树的精灵"，显然拥有语言的力量，一下子就还原了小说的思想与文化。批评家仅有深刻的思想，没精准的语言来表达，就无法获得思想的内在力量，同样，仅有华美的语言，缺少深刻的思想，批评就会变成"华美的衣裙"。

　　"作为写作的文学批评"意味着，文学批评不仅是文学欣赏与判断过程，还需要批评家用思想、才华、心灵去照亮。优秀的文学写作是那种重现生活的残酷、绝美与崇高的写作，而与之标配的批评也应该是有才气、锐气、傲骨的批评。只有"力透纸背"的文艺批评，才能摆脱方死方生、方生方死的时间的渊薮，与经典文学一样获得永恒的生命力。